I GENIALI

VINCENT VAN GOGH

RAFFAELLO RAGAZZI

RAFFAELLO RAGAZZI

Editor: Patrizia Ceccarelli
Redazione: Emanuele Ramini
Progetto grafico: Simona Dell'Orto
Illustrazione di copertina: Paolo D'Altan

Ufficio stampa: Salvatore Passaretta

1ª Edizione 2016
Ristampa 5 4 3 2 1 0 2021 2020 2019 2018 2017 2016

Raffaello Libri S.p.A.
Via dell'Industria, 21 - 60037 – Monte San Vito (AN)
e–mail: info@grupporaffaello.it **www.grupporaffaello.it**

e–mail: info@raffaelloragazzi.it
www.raffaelloragazzi.it

Printed in Italy

Guido Quarzo

L'ULTIMA LETTERA DI *Vincent*

1

UNO STRANO FOGLIO

Quel foglio era indubbiamente un bel mistero.

Quando Mattia, sul treno che li riportava all'ostello dopo la visita all'Hotel Ravoux, se l'era trovato nella tasca della felpa, per un momento aveva sperato che fosse un biglietto di Elisa. Subito dopo però aveva pensato:

"Perché mai Elisa dovrebbe scrivermi un biglietto... se volesse dirmi qualcosa mi manderebbe un sms..."

E infatti, come scoprì poi, non era un biglietto di Elisa.

Il foglio era ripiegato più volte, così da essere simile a un pacchetto. Aveva uno spessore consistente, tanto che sembrava contenesse qualcosa.

Così Mattia, quella sera, prima di cena, si appartò nel suo angolo di stanza: se si trattava di uno scherzo era meglio non mettersi troppo in mostra con i tre compagni con i quali divideva la camera dell'ostello.

Seduto sul letto e dando le spalle agli altri, aprì il foglio.

Dentro non c'era niente, e Mattia rimase piuttosto deluso. Avrebbe preferito uno scherzo, insomma, uno scherzo è comunque meglio che niente...

Invece si trovò fra le mani questo semplice foglio di carta. Una carta giallina, spessa e leggermente porosa.

Se era uno scherzo, era uno di quegli scherzi che non si capivano, o che divertivano solo chi li aveva pensati.

Si guardò intorno furtivamente. Tutto tranquillo, i suoi tre compagni di stanza si stavano facendo i fatti loro, proprio come lui: uno era tutto preso a smanettare sul telefonino, un altro contava i calzini e pareva che il conto non tornasse. Si grattava la testa e borbottava:

«Uff, se non li riporto tutti mia madre mi tormenterà per una settimana».

Il terzo sfogliava un vocabolarietto di francese alla ricerca di parolacce che avrebbe fatto prima a cercare su Google.

Era stato abbastanza fortunato a capitare nella stessa stanza dell'ostello con quei tre.

Loris, il maniaco del telefonino, era uno a cui piaceva chiacchierare ma senza essere un impiccione. A scuola andava piuttosto bene, cioè stava nel gruppo dei "bravi ma non secchioni", e questo lo rendeva senz'altro un buon compagno di stanza. Tutt'altro discorso per Alex, quello alle prese con la conta dei calzini. Alex poteva essere definito *Genio e Sregolatezza*: era sì geniale, ma di un tale disordine dentro e fuori della testa da far pensare al Caos Primordiale. Perdeva tutto, altro che calzini! Perdeva i quaderni, le biro, i berretti e le sciarpe di lana che sua madre si ostinava a fargli indossare da settembre ad aprile. Una volta, durante l'ora di educazione fisica, aveva perso una scarpa. Le due ore successive le aveva passate con una scarpa sì e una no. Per tornare a casa aveva dovuto aspettare che sua madre gli portasse un paio di scarpe di ricambio.

In compenso, in quelle due ore con una scarpa sola, era stato l'unico di tutta la classe a risolvere l'impossibile problema di geometria della prova di verifica.

Averlo per compagno di camera poteva essere un'esperienza fantastica o un incubo. In quel momento assomigliava più a un incubo: il mistero del calzino scomparso.

Quello che sfogliava il vocabolarietto si chiamava Ilario. Dedicava tutto il suo tempo a elaborare battute spiritose, giochi di parole, barzellette più o meno divertenti. Si poteva immaginare che avesse comunque un futuro da comico: nelle imitazioni era imbattibile, sia che si trattasse di fare il verso ai compagni di classe, sia che si lanciasse nella imitazione dei professori.

Ogni volta che veniva interrogato, era come assistere a uno spettacolino. Riusciva a divertire persino gli insegnanti, anche perché poi alla fine si vedeva che aveva studiato.

Per dargli una calmata, la professoressa d'inglese concludeva ogni interrogazione di Ilario con una frase del tipo: *"Meriteresti un bel nove, però ti tolgo un punto per lo show, che era piuttosto scadente".*

Sì, nell'insieme Mattia era stato fortunato a capitare con quei tre: si sarebbe potuto trovare in camera con Franco Traversa, detto Frank, o con il suo tirapiedi Michele Sarti.

Una coppia veramente insopportabile. Traversa faceva il prepotente con tutti, per rifarsi dei pessimi voti che prendeva, probabilmente. Sarti invece era l'ombra di Traversa: ripeteva a pappagallo tutto quello che diceva l'altro e gli stava sempre appiccicato come una gomma da masticare incollata alla scarpa.

Se Franco Traversa pretendeva di essere chiamato Frank, Michele Sarti decideva subito che lo si doveva chiamare Mike.

Se Traversa si inventava di prendere in giro una compagna chiamandola «polenta» perché aveva i capelli biondi, Sarti subito si metteva a sfottere qualcun altro, dandogli del "catrame" per i capelli neri.

Erano fatti così, e bisognava sopportarli perché facevano anche un po' paura. Certo, era tutta scena, non avevano mai picchiato nessuno, al massimo qualche spintone, una spallata come per caso mentre si saliva o si scendeva la scala, un quaderno o un libro fatti cadere dal banco, uno zainetto calciato via perché "a momenti 'sta valigia mi faceva inciampare!"

Ma insomma, tanto bastava a farli considerare due bulletti da cui restare alla larga, per quanto possibile.

Eppure, Mattia aveva avuto l'impressione che, da quando erano arrivati all'ostello a Parigi, "Frank" e "Mike" avessero abbassato un po' la cresta: sembrava quasi che si interessassero davvero a quello che si faceva. Soprattutto dopo quella giornata a Auvers, una specie di «gita nella gita», che il professor Ponzi aveva organizzato per un piccolo gruppo di volontari: i fans di Van Gogh.

Incredibilmente Franco e Michele si erano aggregati e invece di creare problemi, si erano comportati benissimo.

"Mah" si era detto. "Che l'aria di Parigi non abbia fatto spuntare un po' di sale in zucca a quei due?"

Mattia controllò ancora una volta di non essere osservato: tutto a posto, nessuno si interessava a lui. Tornò a esaminare il suo foglio misterioso. Lo rigirò da una parte e dall'altra: su uno dei lati c'era una scritta. Una scritta bella lunga.

Dunque poteva trattarsi di una specie di lettera.

La scrittura era antiquata, per quel che Mattia era in grado di giudicare: chi scriveva più a quel modo? Era un corsivo in cui le lettere sembravano disegnate, con tratti a volte più larghi a volte più sottili. Una scrittura che dava l'impressione di un rilievo. Si trattava di alcune frasi scritte in francese. Peccato che non fosse inglese, aveva pensato. Con l'inglese Mattia se la cavava abbastanza bene.

Nel francese invece zoppicava un poco... be', con un po' di intuito e un vocabolario non sarebbe stato difficile tradurre un testo così breve. Ma chi si sarebbe data la pena di pensare e scrivere un testo in francese? Per quel che ne sapeva, nessuno della sua classe. Sarebbe stata una fatica decisamente superiore al gusto di fare uno scherzo: il gioco non valeva la candela.

Poi lo sguardo di Mattia si era fermato sull'ultima parola, la firma: Vincent.

Vincent? Possibile?

Aveva già visto quel nome, scritto così, con quel tratto inconfondibile. L'aveva visto nei dipinti che l'avevano colpito per la loro incredibile vitalità: era la firma di Van Gogh.

Adesso era proprio sicuro che qualcuno gli stesse facendo uno scherzo... però, che scherzo di alto livello! Non riusciva a immaginare nessuno dei suoi compagni in grado di fare uno scherzo simile, né c'era da pensare che l'avesse escogitato un professore. Ponzi? L'insegnante di arte? Figuriamoci!

Poi un sospetto si fece strada. Ma sì, c'era una persona in grado di tirare un tiro simile. Diavolo! Come mai non l'aveva pensato subito?

Non poteva essere stata che Mara, sua sorella!

Se Mattia ci fosse cascato e fosse andato in giro a raccontare che s'era trovato in tasca una lettera di Van Gogh, l'avrebbero preso in giro per il resto della vita.

Per quanto andasse d'accordo con sua sorella, per quanto si volessero bene e si spalleggiassero in ogni situazione, gli scherzi fra loro erano normali.

E Mara era l'unica persona tra quelle che Mattia conosceva, in grado di confezionare uno scherzo in francese.

Certo che quella calligrafia... Ma la passione di Mara per il disegno poteva spiegare anche quella scrittura così «artistica» e antiquata.

Sì, doveva essere proprio uno tiro mancino di sua sorella, e ora lui doveva escogitare un modo di prenderla in contropiede, magari quella sera stessa, prima di cena.

Mattia però si sbagliava. Non poteva ancora saperlo, ma la storia di quella lettera in realtà era cominciata ben prima della gita scolastica a Parigi.

E dunque, per capire come stavano veramente le cose è meglio andare con ordine.

VINCENT

Vincent Van Gogh nasce nel villaggio olandese di Groot Zundert il 30 marzo **1853**: è il maggiore dei sei figli del pastore calvinista Theodorus Van Gogh.

Cinque anni dopo nasce il fratello **Theo**, che lo sosterrà con affetto fino alla morte. Bella fortuna avere un fratello così!

THEO

AUTORITRATTO AL CAVALLETTO (1888)

CASA NATALE DI VAN GOGH, LA SUA STANZA ERA QUELLA SOTTO IL TETTO DOVE SVENTOLA LA BANDIERA

2

I GEMELLI DI FERRO

Mara e Mattia erano gemelli e rappresentavano uno di quei rari casi in cui due fratelli gemelli convivono pacificamente nella stessa classe.

I gemelli Ferro, o “i gemelli di Ferro” come sovente venivano chiamati, con un facile gioco di parole basato sul loro cognome, erano diversissimi fra loro, e forse in questo consisteva il segreto nell’andare così d’accordo: erano in un certo senso complementari.

A scuola, non erano sempre stati nella stessa classe.

Sia alla scuola materna che nel corso delle elementari erano stati iscritti in due sezioni diverse.

«Per facilitare la socializzazione» aveva detto la dirigente scolastica.

Ma né Mara né Mattia avevano mai avuto problemi di socializzazione. Erano entrambi felicemente indipendenti e autonomi.

D’altra parte, anche se gemelli, Mara e Mattia non si somigliavano per nulla, non solo nel carattere e nei gusti, ma nemmeno fisicamente. Lei era bionda e di carnagione molto chiara, come il papà. Il fratello invece aveva i capelli nerissimi e il colorito bruno della pelle, ereditati dalla mamma.

Mara era la sognatrice, quella che il padre dei gemelli definiva con un certo orgoglio “l’artista della famiglia”.

Amava la pittura, la musica, le storie avventurose e romantiche.

Mattia aveva invece più senso pratico. Era un piccolo monumento alla logica, con una memoria prodigiosa, ma aveva anche lui le sue passioni: per esempio era un collezionista. Aveva collezionato di tutto, dai francobolli alle monete, dalle conchiglie alle foglie. Ultimamente si era dedicato alla classificazione di insetti, che raccoglieva e ordinava in piccole scatole trasparenti.

Quella che lui definiva raccolta di entomologia, veniva invece descritta da sua sorella come "collezione di bestie morte".

Però Mattia non si offendeva. Gli scherzi tra i due erano un fatto normale e prendersi benevolmente in giro rappresentava il loro modo di esprimere il reciproco affetto.

Così, finite le elementari, i loro genitori si erano convinti che i due potevano anche convivere nella stessa classe di scuola media... oltre che nella stessa famiglia e nella stessa casa.

Così Mara e Mattia si erano ritrovati insieme nella sezione F della Scuola Secondaria di Primo Grado Giuseppe Garibaldi. Che tutti ovviamente chiamavano più semplicemente la "Media Garibaldi".

Il giorno in cui la professoressa di lettere e storia aveva spiegato alla classe i meriti patriottici di Garibaldi, Mara aveva commentato:

«Sai che fantasia! A chiamare una scuola Giuseppe Garibaldi sono capaci tutti, perché nessuno chiama mai le scuole in modo più originale, come si fa con certe trasmissioni tv o con i gruppi musicali: *Scuola dei Figli della Luna*, oppure senti questa: *Secondaria di Primo grado I Diavoli Volanti*. O anche *Scuola Media dei Super Geniali*.

Suo fratello l'aveva guardata con sufficienza:

«Pensa bene alla nostra classe! Secondo te potrebbe far parte di una scuola che si chiama i *Super Geniali*? Senza contare che la parola Media non va d'accordo con la parola *super*... o sei *super* o sei *medio*»

«Sì, però ora si chiama Secondaria di Primo Grado, non più media» aveva obiettato Mara.

Quella volta, il fratello aveva chiuso la questione osservando che "i *super* sono comunque al massimo grado, non al primo".

Ecco, Mattia era fatto così.

C'è da dire però che Mara non si infastidiva per questa propensione di suo fratello a "stare con i piedi per terra". Sapeva di fantasticare a volte in modo eccessivo, e che suo fratello la riportassero alla realtà, non le dispiaceva affatto.

In realtà la terza F non era una classe particolarmente difficile: ora che erano arrivati al terzo anno, i ragazzi avevano imparato a conoscersi e, bene o male, si riusciva a convivere senza grosse difficoltà. C'erano naturalmente quei due o tre elementi un poco difficili, come Traversa o Sarti, ma tutto sommato si limitavano ad essere fastidiosi più che pericolosi.

Franco Traversa non era il massimo della simpatia, ma qualche volta riusciva a essere persino divertente.

Come quando aveva inventato quel soprannome per Mara e Mattia: i gemelli di Ferro.

Mattia sosteneva che non poteva essere considerato un vero soprannome, perché comunque Ferro era il loro cognome, tanto che la trovata di Franco Traversa non aveva dato fastidio né agli interessati né a nessun altro. Così alla fine Mara e Mattia erano diventati i gemelli di Ferro per tutti, persino per i professori.

Anche se l'anno scolastico era iniziato all'insegna di *Questo è l'anno degli esami*, il clima nella classe terza F era abbastanza rilassato, se non si tiene conto di un particolare.

Quello infatti non era soltanto l'anno degli esami, l'ultimo anno delle "medie", ma era anche quello della gita scolastica all'estero, attesa da tanto tempo. Eppure, fino a quel momento nessun professore aveva ancora dato l'annuncio ufficiale che il viaggio si sarebbe fatto. Anzi, a sentire le solite voci di corridoio pareva che nessun professore intendesse accompagnare la classe terza F alla sospirata gita.

Intanto il professore di tecnica arte e disegno e la professoressa di Francese continuavano ad assegnare ricerche che facevano pensare a Parigi come possibile meta.

Quella mattina, per esempio, scadeva il termine per la consegna della ricerca sui pittori impressionisti.

Le ricerche si dovevano consegnare alla professoressa di Francese, che le avrebbe usate poi come esercizi di traduzione.

Elisa Galli, che era la miglior amica di Mara, portò una ricerca sul pittore Paul Gauguin: era rimasta affascinata da questo personaggio che lasciò tutto per andare a dipingere a Tahiti:

«Gauguin viveva in una capanna davanti all'Oceano, lontano dalla civiltà. Pensava e dipingeva con semplicità senza sentire più odio per il prossimo. Godeva tutte le gioie della vita libera, con la certezza di un tempo da vivere in pace e serenità».

Quando Elisa lesse queste righe dalla sua ricerca, Mara esclamò:

«Beato lui!»

«Purtroppo» fu il commento della professoressa «le cose non stavano esattamente così: ci piace pensarlo, ma in realtà Gauguin non ebbe una vita tanto felice... Però sappiamo che la nostra Elisa e un'inguaribile romantica!»

Era vero: alta una spanna più di tutti i suoi compagni di classe, Elisa era una sognatrice, per questo andava così d'accordo con Mara. In più era molto timida e arrossiva per un nonnulla. Mattia era innamorato di lei, ma non glielo avrebbe confessato nemmeno sotto tortura. Anzi, stava bene attento a non guardarla troppo, a non chiedere informazioni su di lei a Mara, a non farle gentilezze. Era fondamentale, secondo Mattia, che neppure Mara sospettasse qualcosa.

In realtà se n'erano accorti tutti, e Mara per prima. Il terribile Frank non perdeva l'occasione di cinguettare ogni volta che sorprendeva Mattia a parlare con Elisa.

«Cip cip! Mi invitate al matrimonio?»

Insopportabile.

Mara e Mattia, per le loro ricerche, avevano scaricato da internet una quantità impressionante di notizie, biografie e riproduzioni di dipinti. Ne erano risultati due fascicoletti piuttosto voluminosi.

Quello di Mattia era zeppo di date e di indicazioni geografiche: sembrava il programma di un'agenzia turistica.

Il fascicolo di Mara invece conteneva soprattutto le stampe dei dipinti che le erano piaciuti di più e le sue impressioni.

«Tra i quadri degli impressionisti, forse quello che mi è piaciuto di più, è il Ritratto di Irène Cahen d'Anvers, l'ha dipinto Pierre-Auguste Renoir, nel 1880. Si vede una ragazza seduta, quasi di profilo. Dietro c'è una siepe. La ragazza è leggermente girata verso chi guarda il quadro, e ha uno sguardo davvero speciale: anche se è quasi sorridente, fa pensare che sia triste. È come se guardasse lontano, con aria sognante e anche malinconica. I capelli rossi sono bellissimi e molto lunghi e il vestito è azzurro quasi bianco. Guardando il dipinto mi sono chiesta che cosa poteva pensare la ragazza in quel momento, forse si annoiava un po' lì ferma a farsi ritrarre e allora i suoi pensieri volavano via. Infatti sono gli occhi la cosa che mi ha colpito di più. Ho pensato che mi sarebbe piaciuto essere amica di questa Irene».

Michele Sarti aveva buttato giù quattro notiziole copiate da internet sui paesaggi di Claude Monet e consegnò con aria di sufficienza il suo lavoro, per far vedere al suo amico Frank che lui non era un secchione. Traversa invece non consegnò nessuna ricerca.

«Si è rotto il computer» fu la giustificazione.

«Ci sono anche i libri» obiettò la professoressa Cortina.

«E se in casa non ci sono libri, si possono sempre trovare in biblioteca... abbiamo una biblioteca di quartiere che tutta la città ci invidia...»

L'espressione di Traversa faceva capire benissimo che simili sentimenti, nei confronti di una biblioteca, per lui erano inconcepibili.

«Mio padre non mi fa andare in biblioteca» disse.

«Queste sono scuse» tagliò corto l'insegnante.

La professoressa preferì non approfondire l'argomento, perché sapeva che Traversa non aveva una situazione famigliare facile. La mamma non c'era e di lui si occupava il papà, che aveva con sé anche una madre anziana e malata. Insomma, la biblioteca e la ricerca sugli impressionisti erano probabilmente l'ultimo dei pensieri in casa Traversa.

«Comunque faremo così» decise la professoressa Cortina, «andrai con Mattia Ferro nell'aula di informatica, adesso c'è lì il professor De Julis che vi potrà assistere, e mi porterai una stampata di almeno tre pagine sul museo d'Orsay, dove si trova la maggior parte dei dipinti impressionisti francesi. Magari trovate anche qualcosa su Van Gogh e chissà... potreste anche appassionarvi alla conoscenza di questo genio della pittura, alla passione che metteva nei suoi quadri e nell'uso del colore. Forza. Fare un po' di copia-incolla non dovrebbe essere troppo faticoso!»

Cavolo, pensò Mattia, perché proprio io? Lui non fa il compito e la punizione tocca a me...

Ma naturalmente non disse nulla: protestare sarebbe servito solo a scontrarsi con Traversa, e far arrabbiare il terribile Frank non era consigliabile.

Così, malvolentieri i due raggiunsero il laboratorio di informatica che era in fondo al corridoio.

La grande aula conteneva i dodici computer in dotazione alla scuola, ed era il regno incontrastato del professor De Julis. Qualcuno aveva messo in circolazione la voce che De Julis addirittura vi passasse la notte, per controllare che nessuno danneggiasse le preziose apparecchiature.

Naturalmente era un'esagerazione, ma era certamente vero che il professore trascorresse in quell'aula moltissimo tempo. Era lui che organizzava e seguiva i laboratori di informatica per tutte le sezioni, e a qualunque ora si entrasse nell'ampio locale in fondo al corridoio, si era sicuri di trovare lì il professor De Julis.

3

C'È RICERCA E RICERCA

4

«Ah, una ricerca sul museo d'Orsay… certamente troverete un sito del museo, e poi se cliccate su *Impressionisti Francesi*, potrete trovare altro materiale interessante» disse il professor De Julis. «Avete bisogno di aiuto? No? Bene, allora vi lascio lavorare»

Il professore indicò ai ragazzi il computer da usare e li lasciò in pace.

Appena furono soli davanti allo schermo, Frank disse sottovoce:

«Dai, facciamo alla svelta, io a star qui mi rompo…»

Mattia fece spallucce e quando si aprì Google, digitò *Impressionisti Francesi*.

Uscì una serie di link e Mattia cliccò sul primo della lista. Il primo dipinto che videro apparire raffigurava un paesaggio campestre dove due uomini e una donna erano seduti sull'erba, vicino a una tovaglia con i resti di un pic-nic, mentre un'altra donna si rinfrescava vicino al fiume un po' più in là. Nel quadro gli uomini erano vestiti di tutto punto, mentre la donna seduta era completamente nuda.

«Forte!» bisbigliò Traversa. «Stampiamo questo e portiamolo alla prof. Scommetto che tuo padre non ne tiene in negozio roba così!»

«Non possiamo portare un solo quadro, la ricerca va fatta su tutto il museo...» obiettò Mattia, che aveva già visto quel dipinto nella ricerca di sua sorella.

Intanto Traversa continuava a ridacchiare mormorando:

«Ma guarda questi... roba da matti...»

Anche a Mattia scappò da ridere, non tanto per il dipinto, che già conosceva, quanto perché le risatine di Frank erano contagiose.

Intanto il professor De Julis si era avvicinato alle loro spalle e, data un'occhiata al monitor, esclamò:

«Perbacco, la famosa colazione sull'erba di Edouard Manet! Ottimo!»

Frank dapprima sobbalzò, perché non si era accorto che De Julis era proprio dietro alla sua sedia, subito dopo però prevalsero lo stupore e la curiosità.

Ottimo? Che cosa significava ottimo?

Cercando di frenare le risate Traversa osservò:

«Ma, prof, sembrano quattro matti scappati dal manicomio!»

«Ti pare? Io non direi» fece il professor De Julis prendendo una sedia. «Questo dipinto è molto famoso. Oggi non meraviglia più nessuno... tranne voi due, naturalmente».

Mattia si vergognò un poco di essersi messo a ridere:

«Ma prof io ridevo perché mi faceva ridere lui...» si giustificò.

Il professore fece un gesto come per dire che la cosa non aveva importanza, e continuò:

«Ma ai suoi tempi fece scandalo... una donna nuda in mezzo a un prato che fa tranquillamente merenda con questi due signori... eh, eh... Manet era riuscito a smascherare una certa ipocrisia dell'epoca.... si poteva sì dipingere un nudo, ma solo in una situazione astratta, fuori dalla vita di ogni giorno. Mettere una donna nuda lì, nel parco, che fa merenda come se niente fosse, era una scelta rivoluzionaria... però al museo d'Orsay c'è molto altro. Forse è meglio se vi dò un piccolo aiuto».

Così ci si misero in tre.

Aiutati dal professor De Julis, Mattia e Frank riuscirono a produrre tre pagine di testo sulla storia del Museo d'Orsay.

Trovarono anche un paio di belle fotografie di quando l'Orsay era una stazione ferroviaria e aggiunsero una quarta pagina occupata interamente da minuscole riproduzioni di quadri, grandi come francobolli.

C'erano anche cinque dipinti di Van Gogh, tra i quali una strana chiesa tutta storta che a Mattia fece pensare a una costruzione con i muri di gomma.

Non erano notizie molto utili per comprendere i soggetti e le tecniche di pittura, comunque si accontentarono.

O meglio, si accontentò Mattia, perché era chiaro che a Traversa di tutto quel lavoro importava ben poco.

Mentre tornavano in classe, lungo il corridoio, Frank si mise a fare il verso a Mattia:

«Ridevo perché rideva lui... mi scusi, mi scusi... non è colpa mia...»

E gli rifilò una gomitata nel fianco proprio un attimo prima che Mattia aprisse la porta dell'aula.

Non era solo la classe terza F della scuola Giuseppe Garibaldi a essere impegnata nelle ricerche sugli Impressionisti Francesi.

Possiamo dire che la nostra storia inizia con l'uscita di galera del noto (alla polizia) falsario Domenico Rossini.

Rossini era finito in carcere per truffa quando aveva tentato di vendere a un mercante d'arte un falsissimo disegno di Modigliani. Il fatto è che il "mercante d'arte" che Rossini aveva cercato di imbrogliare, in realtà era il maresciallo Parisi, del Nucleo Tutela Patrimonio Artistico dei Carabinieri.

Le trattative intorno al falso Modigliani, tra il falso collezionista (Rossini) e il falso mercante (il maresciallo Parisi) erano andate così per le lunghe che tra i due era nata una certa simpatia. Alla fine, il maresciallo Parisi fu quasi dispiaciuto di dover arrestare quell'imbroglione. Ma si sa: la legge è legge.

In questa vicenda comunque potremmo dire che non tutti i mali vengono per nuocere.

In prigione, Rossini ebbe a disposizione una biblioteca discretamente fornita, nella quale trovò un bel catalogo di riproduzioni intitolato "Da Manet a Toulouse Lautrec", un paio di biografie di Van Gogh e una raccolta delle lettere del pittore olandese.

In un primo momento Rossini si dedicò a queste letture per semplice curiosità: bisognava pur far passare il tempo in qualche modo. Ma quando si imbatté nella cronaca della straordinaria vendita all'asta del celebre dipinto I girasoli, subentrò un interesse, per così dire, professionale, decise allora di approfondire la conoscenza di Van Gogh e dei suoi lavori.

Uscito di galera, il falsario incominciò a pensare a un sistema per mettere a frutto quello che aveva imparato sul grande pittore.

Nel frattempo aveva ripreso la sua attività e avviato un certo affare che, a causa della vacanza forzata, aveva dovuto lasciare in sospeso.

Un brutto pomeriggio però qualcuno bussò alla sua porta.

Rossini andò ad aprire e si trovò davanti il maresciallo Parisi.

«Allora Rossini, come ce la passiamo?» fece il carabiniere.

«Maresciallo, che sorpresa! C'è qualche problema?» domandò Rossini, senza nascondere una certa preoccupazione.

«Nessun problema... Almeno per il momento... Perché, dovrebbe esserci qualche problema?»

«No, no... È che la visita dei carabinieri, capirà maresciallo, mette sempre un po' in agitazione».

«Solo chi ha qualcosa da nascondere».

Rossini, che in camera da letto, infilato tra il muro e l'armadio, aveva nascosto un falso Toulouse-Lautrec, che era appunto quell'affare lasciato in sospeso, si affrettò a dire:

«Certo, certo, e infatti io non ho niente da nascondere...»

«Allora, non mi fai accomodare, che facciamo due chiacchiere?» disse il maresciallo, e intanto che lo diceva già entrava nella cucina del piccolo appartamento.

«Posso offrirle un bicchiere di vino, maresciallo?» disse Rossini, premuroso.

«Sono in servizio, niente vino».

Quello non era certo il tipo di risposta adatto a tranquillizzare il povero Rossini.

«Dunque, caro Domenico» riprese a dire il maresciallo, «sappiamo che recentemente hai molto studiato, ti sei dato alle letture...»

«Solo per passare il tempo. In galera le giornate non passano mai...» si giustificò Domenico Rossini, come se il fatto di leggere libri presi in prestito dalla biblioteca avesse bisogno di una giustificazione.

Forse però nel suo caso una certa attenzione del maresciallo alla scelta delle letture era comprensibile.

«Mmm» fece infatti Parisi, «e guarda caso, giusto per passare il tempo, tutte le tue letture si sono concentrate su Van Gogh... non è che ti sei portato avanti con il lavoro?»

«Non capisco» protestò Domenico Rossini, che invece capiva benissimo ciò che intendeva dire il maresciallo. Soprattutto capiva che quella visita preventiva era il segnale che per lui non sarebbe stato più possibile continuare in pace la sua attività, almeno in Italia. Troppo conosciuto, troppo tenuto d'occhio: che brutta vita!

«Vedi di rigare dritto, Rossini!» lo salutò il maresciallo. E promise di tornare a trovarlo. Rossini promise invece a se stesso di cambiare aria. E così, vedendosi costretto ad emigrare, scelse la Francia, e non a caso: le lettere di Van Gogh gli avevano ispirato un'idea. Un'idea che a Parigi aveva qualche probabilità di funzionare.

RENOIR RITRATTO DI IRENE CAHEN D'ANVERS (1880)

Sai cos'è l'**impressionismo**
È una corrente artistica nata in Francia tra 1860 e il 1870, che dà la prevalenza alle **emozioni**, alle **impressioni** dell'artista, privilegiando **pennellate di colore** per rappresentare la natura e scena di vita comune.
In quegli anni Vincent lavora per la casa d'arte Goupil a Parigi e inizia la **corrispondenza** con il fratello Theo, che compren più di 800 lettere.

MONET TERRAZZA SUL MARE PRESSO LE HAVRE (1866).

COLAZIONE SULL'ERBA DI EDOUARD MANET (1866)

GAUGUIN, FEMMES DE TAHITI

Gauguin e Van Gogh andranno oltre le idee degli impressionisti e saranno a tutti gli effetti considerati pittori **post-impressionisti.**

Molti dipinti di Van Gogh sono attualmente conservati nel **Museo d'Orsay** di Parigi, insieme alle opere degli impressionisti francesi, come il famoso dipinto colazione sull'erba di Edouard Manet. La maggior parte delle opere di Vincent Van Gogh però si trova ad **Amsterdam.**

DANZATRICI IN BLU DI EDGAR DEGAS (1890)

4

UN ANNUNCIO ESALTANTE

I

Il professor Camillo Ponzi, tecnica arte e disegno, entrò in aula.

Si sospettava che Camillo fosse un soprannome e non il suo nome vero, perché somigliava in modo impressionante all'attore francese Fernandel, interprete di tanti film di Don Camillo: stessa faccia lunga, stessa dentatura vagamente equina, stessa corporatura massiccia. Invece la cosa era del tutto casuale, anzi, lui sembrava non essersi mai accorto della somiglianza con il famoso don Camillo del cinema.

Quel giorno, aveva stampata sul viso l'espressione compiaciuta di chi ha vinto alla lotteria ma non l'ha ancora detto a nessuno.

Portava con sé un ingombrante rotolo di carta e la solita vecchia cartella di cuoio. Si piazzò tutto impettito davanti alla cattedra, posò la cartella sul ripiano e poi, con fare solenne, srotolò il grande foglio. O meglio, tentò di srotolarlo.

Con due sole mani sembrava proprio impossibile distendere quel poster largo un metro e alto un metro e cinquanta.

Gli angoli del foglio continuavano ad arrotolarsi a destra e a sinistra, in alto e in basso, a secondo di come il professore spostava le mani, egli si rassegnò così a chiedere aiuto. Peccato che chiamasse il meno adatto a svolgere un compito di quel genere. Solo perché era in prima fila, chiamò Alex.

«Cerrati, vieni qui a darmi una mano».

Alex Cerrati, genio e imbranataggine, si alzò.

«Che devo fare?»

«Tieni gli angoli in basso, così io posso distendere il foglio» disse il professore.

Cerrati afferrò gli angoli inferiori del poster.

«Ora abbassati» disse il professor Ponzi.

Cerrati si piegò sulle ginocchia.

Il professor Ponzi srotolò il foglio alzando le braccia.

Per un attimo si poté vedere l'immagine del poster: un lampo di gialli, di arancioni, di verdi.

«Fatto!» esclamò il professore.

Alex Cerrati si alzò in piedi, così sembrava che i due stessero piegando un lenzuolo.

«Ma perché ti sei alzato!» fece il professor Ponzi.

«Prof, ho pensato che avessimo finito!»

Ci volle circa un quarto d'ora e un grande spreco di nastro adesivo perché il professor Ponzi riuscisse a fissare il manifesto alla parete dietro la cattedra, dov'era appesa la lavagna.

Ma ora finalmente si capì che quell'esplosione di lampi colorati intravista prima, erano in realtà dei girasoli.

«Ecco!» esclamò orgoglioso il professor Ponzi. «Questi sono i famosi girasoli di Van Gogh».

I ragazzi si guardarono perplessi: e adesso che c'entravano questi girasoli?

«Naturalmente questa è una riproduzione...» precisò il professore con un mezzo sorriso. «Forse vi interesserà sapere che l'originale è il dipinto più costoso mai venduto a un'asta di quadri».

Dal fondo della classe qualcuno chiese:

«E quanto hanno sborsato per quei fiori?»

La domanda cadde nel vuoto.

«Naturalmente non è per questo che ve l'ho portato. Il fatto è che questo è uno di quei dipinti di Van Gogh che non vedremo!»

In classe ci fu un mormorio di disappunto. Non per il fatto che non avrebbero visto il quadro di Van Gogh con i girasoli, che francamente non appassionava molto la classe terza F, ma perché forse quelle parole significavano che la gita, alla fine non si sarebbe fatta!

Che cosa voleva dire il professor Ponzi con quella frase sibillina?

«Perché non lo vedremo?» chiese Alex Cerrato, interpretando la generale preoccupazione.

Ponzi lasciò passare qualche istante. Si godeva quel clima di suspence che aveva creato e che i ragazzi invece non apprezzavano per niente.

«Bene, devo precisare che questo dipinto non lo vedremo per due ragioni: la prima è che è stato venduto e ora è conservato in qualche cassaforte. Per l'egoismo di qualche collezionista, il capolavoro di Van Gogh non è più a disposizione dell'umanità. Vi sembra giusto?»

Era una domanda retorica, e infatti nessuno rispose.

«La seconda ragione è che, essendo stato venduto, come ho detto, non si trova nel museo d'Orsay a Parigi, dove sarebbe giusto che fosse insieme alla maggior parte dei dipinti degli Impressionisti... anche se, a rigore, Van Gogh dovrebbe essere considerato un Post-Impressionista...»

Ancora silenzio.

«Ho l'impressione che non abbiate capito» sospirò il professor Ponzi. «Non vedremo questo dipinto, ma vedremo gli altri conservati appunto al museo d'Orsay, perché la gita a Parigi SI FARÀ!»

L'urlo collettivo della classe fece tremare le finestre.

Fu un grido liberatorio, come se fosse stato trattenuto a lungo e finalmente potesse librarsi nell'aria.

Della gita a Parigi, infatti, se ne parlava fin da quando avevano iniziato la prima: era diventata quasi un miraggio, qualcosa di fantomatico, una specie di Babbo Natale a cui si fa finta di credere ben sapendo che non esiste.

Mai gita scolastica era stata organizzata più per tempo di quella: due anni e mezzo di attesa.

Certo, era un viaggio che non tutte le famiglie si potevano permettere, e allora il professor Ponzi aveva fatto questa proposta: chiediamo alle famiglie di "programmare" la spesa per quando saremo in terza e, se tutti sono d'accordo, concluderemo il triennio con un vero viaggio d'istruzione!

Ma era anche stato tassativa sul fatto che o ci si andava tutti, o non ci andava per niente.

E adesso finalmente il momento era arrivato. Sarebbero stati il professor Camillo Ponzi e la professoressa di francese Iris Cortina (e chi sennò?), ad accompagnare la terza F in gita d'istruzione a Parigi.

Quando Mattia ebbe fra le mani il programma della gita studiato dal professor Ponzi, pensò che fosse una prova evidente della sua follia. Per meglio dire, della sua assoluta ed esclusiva passione per la pittura.

Camillo Ponzi aveva previsto visite al Louvre, al Museo d'Orsay e al Centre Pompidou, e poi al Museo all'aperto Rodin e (se c'era tempo) persino al Museo delle cere Grevin.

Non si faceva cenno a Eurodisney, naturalmente.

Quando qualcuno della classe aveva azzardato l'ipotesi di riservare una giornata al famoso parco dei divertimenti, il professore aveva risposto a muso duro:

«Ragazzi, la nostra è una gita di istruzione! A Disneyland ci andrete per i fatti vostri quando non avrete niente di meglio da fare!»

I mugugni e le proteste non erano serviti a niente.

Praticamente, se fosse dipeso dal professor Ponzi, di Parigi non si sarebbe visto altro se non quadri e sculture conservati nei vari musei. Mattia smaniava per salire in cima alla tour Eiffel (in quanto simbolo dell'ingegneria), e non era certo l'unico della classe, a sperare in una sosta all'Hard Rock Cafè , non tanto per il caffè, quanto per mangiare un fantastico hamburger e soprattutto per comprare la T-shirt con il famoso logo della caffetteria. Era una collezione, quella delle magliette Hard Rock Cafè, che prometteva di diventare interessante, ma che si presentava anche piuttosto difficoltosa. Una sfida, insomma.

Mattia aveva già la T-shirt di Roma e quella di New York. A Roma c'era stato, la maglietta di New York invece l'aveva avuta in regalo dalla zia Laura, che ogni tanto a New York ci andava per lavoro, e prometteva sempre che una volta o l'altra avrebbe portato i gemelli con sé, ma fino a quel momento era stata una promessa non mantenuta: New York era un altro miraggio.

La gita a Parigi della terza F invece aveva almeno questo vantaggio: era una cosa sicura.

Ne avevano così tanto discusso tra insegnanti, tra insegnanti e genitori, tra genitori e ragazzi che adesso sarebbe stato impossibile qualunque ripensamento.

E pazienza se bisognava rinunciare a Eurodisney.

Per Mara invece il programma del professore di arte rappresentava una specie di sogno del tipo: tutto quello che avreste voluto a vedere a Parigi e che finora non avete visto. Presto, molto presto, l'avrebbe realizzato.

E immaginava anche di incontrare, in un giardino di Parigi, Irene Cahen, la ragazzina del ritratto di Renoir, con i suoi capelli rossi e lo sguardo malinconico. Oppure di prendere un gelato al tavolo dove i canottieri, con la paglietta in testa e la maglietta bianca facevano colazione.

Certo, anche a lei non sarebbe dispiaciuto affatto salire sulla tour Eiffel, ma aveva fiducia che la professoressa Cortina avrebbe mitigato il programma del professore. Come si poteva negare una passeggiata per i luoghi caratteristici della città più romantica del mondo?

Insomma, i gemelli Ferro avevano aspettative leggermente diverse, ma li univa lo stesso entusiasmo.

5

CHIACCHIERE PRIMA DI PARTIRE

Il papà di Mara e Mattia, quando era in vena di darsi delle arie, diceva di fare l'antiquario. In realtà la sua bottega era a metà strada tra una vera boutique di oggetti antichi e un magazzino da rigattiere.

Oltre tutto gli affari non andavano proprio benissimo: se non ci fosse stato il lavoro di mamma, che era cassiera del Caffè Bella Dora, non tutti i mesi si sarebbe potuto pagare l'affitto del negozio.

Il negozio si chiamava *La Cornice Dorata*, ma in realtà il signor Ferro non trattava solo quadri e cornici d'epoca: nella bottega si trovava un po' di tutto, dai piccoli mobili, ai soprammobili, agli oggetti più disparati, come catini e portacatini, lampade e candelieri, scacchiere, tabacchiere, vecchi giocattoli eccetera eccetera.

La Cornice Dorata si trovava nel cuore di Borgo Dora, nel quartiere di Torino tradizionalmente occupato dalle botteghe antiquarie e dai restauratori di mobili antichi.

Ovvio che in quei giorni, in casa Ferro, non si parlasse che della gita a Parigi, che era stato obiettivo dei risparmi e di qualche piccola (e a volte grande) rinuncia da parte di Mara e di Mattia.

Ora che il grande momento era finalmente arrivato, la più eccitata, la più entusiasta, era senz'altro Mara.

«Pensa» continuava a ripetere, «visiteremo il Louvre, vedremo la Gioconda di Leonardo, il quadro più famoso del mondo in assoluto!»

E poi ancora:

«Sai che una volta la Gioconda l'hanno rubata? Beh, se è così facile potremmo magari cercare di rubarla anche noi... Ah ah, te la vedi La Gioconda nella bottega di papà? Senta un po', signor Ferro, ma questo dipinto... mi pare proprio una bella copia della famosa Gioconda... Ma no che cosa dice signore, questa è la Gioconda autentica! Oh perbacco, e quanto vuole per questa Gioconda ? Mmm... un milione di milioni di euro?»

Mattia a quei discorsi si metteva a ridere:

«Va là, conoscendolo, papà sarebbe capace di vendere la Gioconda per trenta euro!»

Un giorno Mara se ne uscì con questa trovata:

«Senti, ho pensato che la Gioconda non la vendiamo, ce la appendiamo in casa. Ma ti immagini la scena? Io distraggo i sorveglianti facendo degli enormi palloni di gomma da masticare, e intanto tu la togli dalla cornice, la arrotoli e te la nascondi sotto la cintura... E poi ce la guardiamo tutte le volte che vogliamo!»

«Sotto la cintura...»

«Oppure nel tascone della felpa, come preferisci...»

«Mmm, mi sembra di ricordare una cosa... aspetta un po'».

Mattia frugò nella pila dei libri di scuola che stava sulla scrivania della loro stanza. Tirò fuori il manuale di storia dell'arte e lo sfogliò rapidamente, finché trovò quello che cercava.

«Ahah! Lo sapevo... la Gioconda, cara mia non la puoi arrotolare proprio per niente perché è una tavola di legno! Mi sembrava di averlo letto. È una tavola di pioppo dentro la cornice!»

«Vabbé, allora ruberemo qualche cos'altro...» disse Mara per nulla scoraggiata. «Il professor Ponzi è fissato con Van Gogh, non fa che parlare di Van Gogh... ruberemo un Van Gogh per lui, in cambio della promozione garantita con il massimo dei voti, c'è qualcosa di Van Gogh al Louvre?»

Mattia però non aveva più voglia di quello scherzo.

«Mi sa che faremo indigestione di musei e di quadri... altro che rubarli, io quasi quasi sono già stufo adesso».

Mara non si arrese.

«Dai, guardiamo se c'è Van Gogh al Louvre, vediamo su Internet se si trova qualcosa».

Incominciò a navigare in rete, alla ricerca dei quadri di Van Gogh che si potevano trovare a Parigi.

«Niente da fare con il Louvre, il Van Gogh dovremo rubarlo al Museo d'Orsay, i suoi quadri li hanno spostati tutti lì».

Una settimana prima della partenza, il programma del professor Ponzi che aveva un poco spaventato Mattia e parecchi suoi compagni, per fortuna subì alcune piccole modifiche, a opera dell'insegnante di francese.

«Quattro giorni chiusi nei musei? Via, un po' di atmosfera parigina bisognerà pur farla respirare a questi ragazzi...» fu l'argomentazione della professoressa Cortina.

Così, accanto al Louvre e al museo d'Orsay, nell'elenco delle cose da vedere comparvero la tour Eiffel, i giardini di Versailles e persino una passeggiata per le Galeries Lafayette, gli storici grandi magazzini di Parigi.

«Ma non ci sarà il tempo per vedere il museo Picasso» aveva obiettato l'insegnante di educazione artistica.

«Possiamo sempre dividerci in due gruppi: chi vuole viene con me a Versailles e chi preferisce Picasso verrà con te al museo» aveva proposto la professoressa Cortina.

«Ah, ma se l'alternativa sono i giardini di Versailles, al museo con me non ci verrà nessuno!» era stata la blanda protesta di Ponzi. Il quale però, subito dopo si era illuminato:

« Però potrei proporre anche io un'escursione fuori città... si potrebbe visitare Auvers sur l'Oise, il paese dove c'è la tomba di Van Gogh, dove ha dipinto tanti capolavori! È un posto pieno di suggestioni!»

«Bene, se trovi qualcuno disposto a visitare una tomba, mettiamo anche questo tra le possibilità» aveva concluso la professoressa Cortina. «Tanto al cimitero ce li porti tu!»

6
DOMENICO ROSSINI
HA UN'IDEA

Mancavano ancora più di tre mesi alla gita della classe di Mara e Mattia, quando Domenico Rossini ebbe un'idea, e per quanto possa sembrare incredibile, questa idea avrebbe coinvolto Mara e Mattia in una singolare avventura.

A Parigi, lontano centinaia di chilometri dall'occhio vigile del maresciallo Parisi, Rossini aveva proseguito nella sua attività non esattamente legale, ma i risultati non erano stati incoraggianti. Il mercato dei falsi d'arte languiva. Rossini si era specializzato in falsi impressionisti, ma riusciva a piazzare più facilmente qualche anonima crosta con la solita veduta di Montmartre, piuttosto che un falso Monet o un falso Pissarro, veri capolavori della truffa.

Chi era messo peggio di lui? Be', forse chi gli affittava le stanze in cui viveva, il Pérignon detto Pepé.

Infatti, se Domenico Rossini se la passava male, Pepé ne pagava le conseguenze. Erano mesi ormai che non riceveva un soldo di affitto per le due camere che il falsario occupava nell'appartamento che la madre di Pérignon aveva lasciato in eredità al figlio.

Pepé aveva pensato di potersi sistemare una volta per tutte affittando metà dell'alloggio e tenendo per sé l'altra metà. Purtroppo la sua solita sfortuna gli aveva fatto incontrare questo inquilino *particolare* che lui, in un primo tempo, aveva scambiato per un artista. Solo quando era ormai troppo tardi e il Rossini si era sistemato nell'altra metà della casa come una vongola attaccata a uno scoglio, Pepé aveva capito la vera natura dell'arte del suo inquilino. E vista la natura dei suoi affari, ovviamente Rossini pagava l'affitto quando poteva, cioè quasi mai.

Insomma, Domenico e Pepé erano una coppia ben assortita da parecchi punti di vista: stessa sfortuna, stessa vita disgraziata, stessa mancanza cronica di denaro.

Ma c'era fra i due una differenza fondamentale: mentre Pepé non sapeva fare nulla di nulla, il Rossini aveva dalla sua una certa genialità, che non era da sottovalutare. E soprattutto, aveva finalmente un vero piano.

Quello che Rossini intendeva vendere, questa volta, non era un'opera falsa. Era finito il tempo dei falsi capolavori "trovati nella soffitta del bisnonno". La fatica che aveva fatto a piazzare sottocosto il falso Toulouse Lautrec portato dall'Italia, non compensava il rischio! Bisognava inventarsi qualcosa di nuovo.

Rossini avrebbe messo in vendita un'informazione.

E questa informazione avrebbe permesso di ritrovare la parte mancante dell'ultima lettera di Van Gogh.

La lettera che tutti dicevano che Van Gogh non aveva terminato di scrivere.

La parte mancante della lettera di Van Gogh sarebbe stata «ritrovata» da qualche studioso in cerca di notorietà o da un avido mercante d'arte o anche da un collezionista senza troppi scrupoli. Il mondo era pieno di questo genere di persone.

E per fare questo Rossini aveva bisogno di tempo.

Per prima cosa era necessario un sopralluogo nella camera del pittore a Auvers sul l'Oise: lì, con un po' di fortuna avrebbe "ritrovato" la lettera.

Rossini, come un turista qualunque, andò a visitare l'hotel Ravoux.

La stanza era rimasta esattamente come era: stesso intonaco, stesso pavimento di doghe di legno. Così affermava il pieghevole che illustrava l'albergo Ravoux, e Rossini poté constatare che era la verità. Tutto uguale. Certo i mobili non c'erano più. Sarebbe stato davvero troppo pretendere che i vecchi mobili fossero rimasti in quella stanza di albergo per tutto quel tempo. Chissà chi altri ci aveva abitato, chissà come era cambiato l'arredamento.

Ora nella camera ci tenevano una sedia.

Era una sedia che ricordava, vagamente, quella del celebre dipinto della stanza ad Arles, nel sud della Francia, dove Van Gogh aveva vissuto per circa due anni.

Qualcuno, che aveva visto quel quadro e confondeva le due stanze, soffermandosi davanti a quella sedia impagliata sospirava:

«Ah, la famosa sedia...»

Di solito nessuno gli faceva notare che aveva detto una stupidaggine.

Solo se interrogati i proprietari ammettevano che quella era una sedia qualunque, messa lì «per fare atmosfera».

In ogni caso era sempre più di quello che si poteva trovare ad Arles. Ad Arles, altro che mobili, altro che stanza, nemmeno la casa c'era più. La casa gialla in cui aveva abitato Van Gogh era stata danneggiata irreparabilmente sotto i bombardamenti della seconda guerra mondiale, e in seguito era stata demolita.

Restava solo il quadro dipinto da Van Gogh nel 1888, ma per vederlo si sarebbe dovuto andare ad Amsterdam.

Comunque era stata quella annotazione riguardo al pavimento, letta nel dépliant pubblicitario, a suggerire a Rossini l'idea: se il pavimento era sempre lo stesso, c'era la possibilità che per tutto quel tempo, in una fessura fra le doghe, fosse rimasto nascosto qualcosa.

Già s'immaginava che cosa avrebbero detto i gestori della locanda:

«*Oh parbleu*! Ci abbiamo camminato sopra per anni senza immaginare che proprio lì ci fosse questo foglio».

Perché la gente, lui lo sapeva, crede solo quel che vuole credere. Un falsario su questo ci vive: ogni volta che Domenico aveva venduto un dipinto falso spacciandolo per l'opera di un artista famoso, aveva avuto per alleato il desiderio del possesso, e il desiderio conta più della verità.

All'Auberge Ravoux, nella stanza in cui Van Gogh era morto, Rossini avrebbe voluto fare qualche fotografia, ma appena aveva preso di tasca il cellulare, una voce alle sue spalle aveva avvertito:

«Monsieur, è vietato fotografare... se lo desidera può acquistare il libro con la storia e le ricette dell'Auberge...»

Così Rossini se ne tornò a Parigi con un libro di ricette, ma anche con una certa soddisfazione. Grazie al sopralluogo nella stanza di Van Gogh, aveva verificato che il suo progetto era realizzabile. Ora era pronto a passare alla seconda parte del piano.

In seguito dovette procurarsi del materiale molto particolare.

Si trattava di trovare carta, pennino e inchiostro della fine del 1800. Tutt'altro che facile da reperire.

Per la carta il problema fu risolto tagliando il risguardo ingiallito di un vecchio libro acquistato sulle bancarelle del Lungosenna. Trovare il pennino fu meno semplice, ma Rossini era un perfezionista e non si sarebbe accontentato di una penna qualunque. Dopo una lunga ricerca nelle botteghe di antiquariato riuscì finalmente ad acquistare un set di attrezzi da scrittura: pennini, portapennini e boccette di inchiostro.

La ricerca sarebbe potuta finire lì, se le boccette di inchiostro non si fossero rivelate vuote e asciutte come il deserto.

Pazientemente Rossini si mise alla ricerca dell'inchiostro giusto.

A volte succede però che gli imbroglioni vengano imbrogliati.

L'antiquario che assicurò Rossini circa l'età di quelle due boccette di inchiostro, in Ftti, disse una mezza bugia: i contenitori erano sì antichi, ma il contenuto lo era molto meno.

Quando Rossini domandò:

«E sono piene?»

Il mercante risposte:

«Certamente, piene fino all'orlo».

Trascurò di precisare che le aveva riempite lui fino all'orlo, con un banale inchiostro nero acquistato in cartoleria.

D'altra parte, pensava l'antiquario, non si tratta mica di vendere del vino di Borgogna... che differenza fa se l'inchiostro è vecchio o nuovo?

Così Rossini ora aveva tutto il necessario per creare il suo capolavoro: una immaginaria ultima lettera di Van Gogh.

«Che cosa può scrivere un grande artista che decide di uccidersi?» si domandò il falsario.

«Si rimane un poco delusi dalla lettera che Van Gogh scrisse al fratello subito prima della morte, senza mai spedirla... una lettera incompiuta, nemmeno firmata. Fabbricherò un'ultima lettera di Van Gogh che possa piacere ai collezionisti, che dia soddisfazione ai biografi e agli studiosi di storia dell'arte. Una vera falsa ultima lettera d'addio!»

La settimana successiva Domenico Rossini decise di mettere in atto la seconda parte del suo piano: la sistemazione della lettera nel nascondiglio che aveva scelto.

Tornò a Auvers, ma non come la prima volta.

Ci andò di sera e si fermò a cena al ristorante Ravoux. Poi, passeggiando per le vie della suggestiva cittadina, aspettò che facesse buio.

Ritornò all'hotel Ravoux un'oretta circa dopo la chiusura. Scavalcò una cancellata a destra dell'ingresso e si introdusse all'interno attraverso una finestra del pianterreno.

Salì leggero come un gatto fino al sottotetto, dov'era la stanza di Van Gogh. Non c'erano allarmi, non c'era niente da rubare. In quell'occasione, Rossini si comportò come un ladro alla rovescia: non era venuto lì a portar via qualcosa, bensì a mettercela.

Con un cacciavite lungo e sottile fece un po' di spazio fra due doghe del pavimento, in un punto preciso, e ci infilò la lettera ben ripiegata.

Com'era entrato, così uscì.

Passò il resto della notte in stazione, in attesa del primo treno del mattino che l'avrebbe riportato a Parigi.

Adesso era pronto a vendere al miglior offerente un'informazione davvero preziosa. Dall'idea iniziale erano trascorsi circa due mesi. Intanto a Torino, la classe terza F della scuola Garibaldi era quasi pronta a partire per la *ville lumière*.

Coincidenze della vita.

IL MONDO DEI MINATORI E DELLE LORO DONNE IN UN DIPINTO DEL 1881.

Nel 1876 Vincent Van Gogh tenta di diventare **predicatore**, seguendo le orme del padre.
Nel 1878 si traferisce in Belgio, nella regione mineraria del Borinage, dove pensa di predicare la bibbia ai minatori.

LETTERA AL FRATELLO CON DISEGNI DEL 15 OTTOBRE 1883

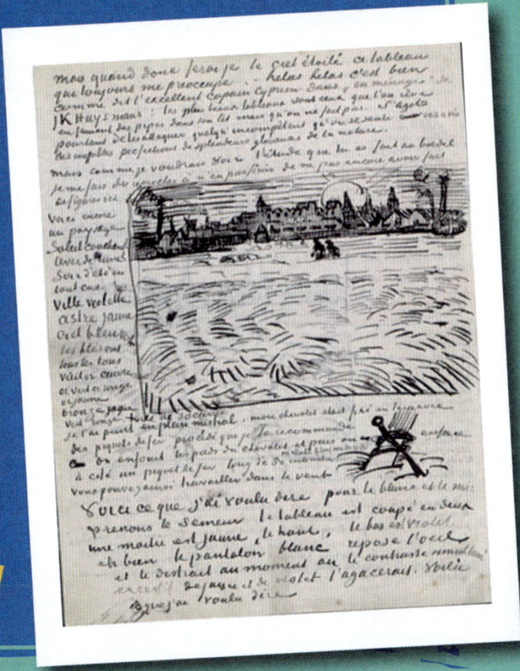

7

PARIGI, FINALMENTE!

Mentre su Sarti c'era qualche dubbio, tutti erano praticamente certi che Traversa non avrebbe partecipato alla gita a Parigi. A parte i problemi di famiglia, non era mai sembrato interessato a musei, pittori defunti, giardini o torri di ferro. E neppure a socializzare con i suoi compagni.

Invece, come aveva sempre detto il professor Ponzi, la classe partì al completo. Tutti e ventidue.

L'appuntamento era per le sette di mattina, alla stazione di Porta Susa. Arrivarono alla spicciolata, chi puntuale, chi con un certo anticipo e qualcuno anche piuttosto in ritardo.

Questi ritardatari mettevano in ansia Il professor Ponzi che continuava a ripetere:

«Il TGV non aspetta mica noi...»

E si guardava nervosamente intorno e contava e ricontava i presenti.

Ma erano le sette e un quarto e il treno sarebbe partito alle sette e trentanove: non c'era motivo di agitarsi.

La professoressa Cortina cercava di tranquillizzarlo:

«Quando ci sembra che ci siano tutti facciamo l'appello, va bene? Per ora lasciamo che se ne stiano con i genitori»

«Sì, sì» sorrideva il suo collega. «Avremo tempo di goderceli per cinque giorni».

Ma si vedeva che era contento, nonostante l'ansia per i ritardatari e la responsabilità dell'organizzazione della gita.

Man mano che arrivavano i ragazzi, accompagnati chi da un genitore, chi addirittura da entrambi, il professore ripeteva:

«Arriveremo a Parigi alle tredici e diciannove. Appena saremo alla Gare de Lyon vi faremo telefonare».

Alle sette e mezza c'erano finalmente tutti. Si fece l'appello e ci si dispose ad aspettare il treno da Milano.

Il TGV arrivò e ripartì in perfetto orario.

L'eccitazione della classe terza F era palpabile: non ce n'era uno che stesse zitto a guardare fuori dal finestrino, e i poveri viaggiatori che dovevano dividere la carrozza con quell'allegra compagnia ogni tanto alzavano gli occhi al cielo. Non si sa se per dire: questa gioventù com'è chiassosa, oppure se per rimpiangere i tempi in cui erano loro ad essere chiassosi.

I due insegnanti cercavano di placare ogni tanto gli animi (e il chiasso), e la professoressa Cortina si concentrava sull'uso della lingua:

«Mi raccomando, cercate di parlare francese ogni volta che potete, ascoltate le persone che parlano, provate a capire che cosa dicono...»

Camillo Ponzi ribadiva che lo scopo del viaggio era soprattutto conoscere dal vero grandi opere d'arte, concentrarsi su un artista... possibilmente Van Gogh, soprattutto in vista dell'esame e della tesina.

Una volta arrivati, anche la sistemazione all'ostello per la gioventù Salut les copains fu caotica e rumorosa, proprio come doveva essere.

«Sapete tutti che cosa significa Salut les copains?» domandò la professoressa Cortina quando furono tutti radunati alla reception.

«Vuol dire ciao amici, prof!» risposero in due o tre.

«E allora ricordatevi come ci si comporta tra amici, va bene? Massima educazione e rispetto!»

Poi, vedendo le facce tirate dei suoi allievi, stravolti per il lungo viaggio, si mosse a pietà:

«Bene, allora andiamo a vedere come sistemarci».

Mara divise la stanza con Elisa Galli e Sonia Bechis. Era al colmo della felicità: a Parigi, in camera con la sua migliore amica e con la prospettiva di vedere tutto quello che c'era di meglio da vedere.

Perché Mara non aveva dubbi che il professor Ponzi e la professoressa Cortina avessero scelto il meglio.

Mattia invece fu sistemato in una stanza da quattro, con Ilario, Alex e Loris.

Pazienza, avrebbe dovuto sopportare le battute e gli scherzi di Ilario, ma tutto sommato era contento anche lui: sarebbe stata una convivenza divertente!

E poi c'era stata la magnifica notizia che avrebbero visitato la tour Eiffel quello stesso pomeriggio.

La visita era in programma, ma in modo vago, come dire *se ci sarà il tempo.*

Invece, con grande soddisfazione di Mattia, ecco balzare la torre al primo posto!

«Oggi pranzeremo velocemente in una brasserie qui vicino» comunicò la professoressa di francese. «E subito dopo con la metro ci sposteremo in centro, andremo a vedere la tour Eiffel e incominceremo a conoscere la città, e infine andremo a Notre-Dame: qualcuno di voi ha sentito parlare del romanzo di Victor Hugo intitolato Notre-Dame?»

«Quello con il gobbo?» domandò Alex Cerrati.

«Bravo, proprio quello: è una storia molto famosa. Ne parleremo».

Così quel pomeriggio la classe terza F prese l'ascensore che la portò in cima alla tour Eiffel e ammirò il panorama di Parigi.

«Indovinello» fece il professor Ponzi quando furono in cima. «Secondo voi c'era già la tour Eiffel al tempo degli impressionisti?»

Ci fu un silenzio significativo. Poi Alex Cerrati (il genietto imbranato) ebbe un'illuminazione:

«Credo di sì perché l'ho vista in un quadro quando abbiamo fatto la ricerca...»

«Bravo! Fu costruita in poco più di due anni, e inaugurata nel 1889 per l'esposizione universale che si tenne a Parigi nel centenario della Rivoluzione Francese. Naturalmente il movimento impressionista era quasi superato, per questo Van Gogh e Gauguin sono considerati post-impressionisti».

Più tardi, questa volta con i nasi all'insù, ammirarono i gargoyles della cattedrale di Notre-Dame.

La cena in ostello fu rumorosa e allegra. Dopo cena si fece un riassunto della giornata, con tutte le riflessioni sulle cose viste.

E nessuno infine, considerato il viaggio e tutto il resto, fece poi fatica ad addormentarsi.

La mattina seguente affrontarono la faticosa visita al Louvre. Mentre aspettavano di entrare, il professor Ponzi fece un discorsetto:

«Quando si parla del Louvre, tutti pensano alla Gioconda di Leonardo da Vinci, ma in realtà ci sono mille altri tesori che vale la pena di guardare con attenzione... tanto più che avvicinarsi alla Gioconda, come vedrete, non è semplicissimo. Bisogna fare la coda. Pensate che nel 1911, la Gioconda fu rubata da un impiegato del Louvre di origine italiane, convinto che il dipinto appartenesse all'Italia. Lo scoprirono quando cercò di venderla a un mercante d'arte di Firenze. Ora la Monna Lisa è custodita da una protezione in vetro, e mantenuta a temperatura e umidità costante per evitare il deterioramento. E naturalmente è dotata di antifurto...»

«Oh, scommetto che quel tipo se l'è messa in tasca piegata come un fazzoletto e poi se n'è uscito come se niente fosse!» disse Elisa.

«Ma non si può piegare la Gioconda» fece Mara. «È una tavola di legno, non una tela!»

"Guarda tu che faccia tosta" pensò Mattia. "Se non glielo dicevo io, non se lo sognava nemmeno".

«Infatti» disse il professore, «ma Elisa non ci è andata lontano: il ladro l'ha tolta dalla cornice, se l'è messa semplicemente sotto il cappotto e poi è uscito».

«Meno male che c'è l'antifurto prof» disse Traversa. «Sennò i gemelli di Ferro già pensavano di rubarla per venderla a Porta Palazzo al mercato dell'usato!»

Alle frecciate di Traversa sulla bottega di Borgo Dora tutta la classe era abituata, quindi nessuno rise, a parte il solito Sarti.

La visita al Louvre li tenne impegnati fino a metà pomeriggio. Videro quadri, sculture, pezzi di templi greci, gigantesche statue egizie, ma la cosa che avrebbero ricordato di più (a parte la lunga fila davanti a Monna Lisa) sarebbe stata la caffetteria-bistrot del Museo, dove si erano fermati per la pausa pranzo.

Quel che restava del pomeriggio fu dedicato a una passeggiata nel quartiere del Marais, costellato di botteghe caratteristiche e a una sosta in place deVosges, dove un gruppo di giovani musicisti suonava musiche di Mozart sotto il porticato. Alle ragazze l'atmosfera romantica e fuori dal tempo di place de Vosges piacque moltissimo.

Salirono anche a Montmartre, a vedere la casa dove Van Gogh si era stabilito per un paio d'anni insieme al fratello Theo. Di fianco al portone dipinto di blu c'era una targa: *dans cette maison Vincent Van Gogh a vecu chez son frere Theo de 1886 a 1888*. La professoressa Cortina non perdette l'occasione:

«Forza, vediamo chi me la traduce per primo!»

Il primo fu una prima: la voce della timidissima Elisa si levò su tutte le altre. *Vincent Van Gogh ha vissuto in questa casa presso suo fratello Theo dal 1886 al 1888*.

Questo rese stranamente contento Mattia, come se a prendersi i complimenti dell'insegnante fosse stato lui.

Rientrati all'ostello Salut les copains, il professor Ponzi e la professoressa Cortina riunirono la classe per fare il consuntivo della giornata e sentire le impressioni di ciascuno.

Molti erano rimasti colpiti dai suonatori di place des Vosges. Altri parlarono delle opere viste al Louvre.

Mara però stupì tutti dicendo che:

«La cosa che è piaciuta di più è stata la porta dipinta di blu della casa dove abitava Van Gogh».

«Ma, Ferro, è un particolare minimo...» obiettò l'insegnante di francese.

«Lo so» disse Mara. «Ma io mi sono immaginata lui che entrava e usciva, proprio da quella porta lì, e mi sono un poco emozionata».

«Bene» intervenne il professor Ponzi tutto soddisfatto. «Sulle tracce di Van Gogh avrai modo di emozionarti ancora, te lo prometto!»

Così si concluse la seconda giornata parigina della terza F.

Fallita l’esperienza di predicatore, sul finire del 1883 Vincent torna a vivere in famiglia, a Nuenen. Qui legge molto, disegna e dipinge. È di questo periodo il quadro **I mangiatori di patate** (1885), attualmente conservato al museo Van Gogh di Amsterdam.

Ecco come l’artista descrive questo dipinto:
“Ho voluto far capire che questa povera gente, che alla luce di una lampada mangia patate servendosi dal piatto con le mani, ha zappato essa stessa la terra dove quelle patate sono cresciute(...) Quei contadini hanno onestamente meritato di mangiare ciò che mangiano”.

8

PEPÉ FA UNA SCOPERTA INTERESSANTE

Lo stesso giorno dell'arrivo a Parigi dei nostri eroi della scuola Garibaldi, qualcuno bussò alla porta di Domenico Rossini. Colpi decisi, autoritari: un déja-vu.

Con la differenza che questa volta non erano i carabinieri: era la polizia francese.

Domenico era appena rientrato da Auvers e si era appisolato dopo una notte insonne passata alla stazione, quando fu svegliato di soprassalto da quei colpi battuti senza riguardo alla porta della sua camera.

«Ouverte, la police!»

Aprite, polizia! Che poteva fare? Rossini aprì.

«Posso fare qualcosa per voi?» domandò con la sua bella faccia tosta.

«Signor Rossini, prego ci segua» fu la risposta. E se lo portarono via.

Quando lo fecero entrare nell'ufficio e vide appoggiato alla parete il Toulouse Lautrec che aveva venduto meno di due settimane prima, Rossini capì che per un po' di tempo i suoi affari avrebbero dovuto aspettare.

"Chissà se il menu delle prigioni francesi è migliore di quello delle carceri italiane" si domandò con rassegnazione.

Il suo padrone di casa, Pérignon detto Pepé, lo vide andare via insieme ai poliziotti all'alba, e al tramonto, quando ormai era chiaro che non sarebbe tornato per parecchio tempo, si ritrovò nel pieno di un autentico dilemma morale.

Non era un filosofo Pepé, ma ogni tanto si domandava che cosa fosse giusto e che cosa fosse sbagliato.

Insomma, mesi e mesi di affitto arretrato non davano diritto a una specie di risarcimento?

Pepé si interrogò, si diede da solo del ladro, malfidato e traditore, e subito dopo si perdonò.

Risolte in questo modo le questioni morali, entrò nella parte dell'alloggio affittata a Rossini e arraffò tutto quello che riuscì a trovare appeso ai muri, infilato nei cassetti, stipato nell'armadio, nascosto nel comodino da letto. Portò via tutto meno i mobili, che erano già suoi.

Ma il bottino fu davvero magro.

La cosa più interessante sembrava essere una specie di diario. Rossini l'aveva tenuto chiuso con un elastico che avvolgeva anche un dépliant turistico e diversi ritagli di giornale: il dépliant era la pubblicità dell'hotel Van Gogh di Auvers sur l'Oise, o per meglio dire, di quello che ora veniva chiamato Hotel Van Gogh, ma che era stato l'Auberge Ravoux, l'ultima dimora di Vincent Van Gogh.

I ritagli di giornale erano invece una consistente raccolta di articoli che riguardavano la vendita del quadro *I girasoli,* avvenuta nel lontano 1987.

Pepé ne lesse uno a caso:

«Londra, 31 marzo 1987. Il quadro I girasoli di Van Gogh è stato venduto ieri, ad un' asta di Christie's, per ventidue milioni e mezzo di sterline (poco meno di 50 miliardi di lire). È il prezzo più alto mai pagato per un dipinto. La vendita de I girasoli di Van Gogh ha suscitato una eccitazione senza precedenti a Londra.

Negli ultimi giorni migliaia di persone hanno fatto lunghe ore di fila per poter dare un' ultima occhiata al quadro, esposto nella grande sala dei gioielli della sede di Christie' s in St. James.

«Voglio poter raccontare di averlo visto anch' io» ha spiegato, una casalinga londinese. «È probabilmente l'ultima volta che sarà esposto al pubblico». «È una incredibile esplosione di colori» ha detto un conducente di autobus. «Sembra che i fiori balzino fuori dal quadro» ha commentato un insegnante.

Il dipinto, di proprietà di sir Alfred Chester Beatty, un ingegnere minerario diventato miliardario, era stato esposto per quasi trent' anni alla National Gallery di Londra, senza attirare molta attenzione. Ma la decisione degli eredi di sir Alfred di mettere in vendita il quadro ha scatenato l'interesse del mondo dell' arte e la curiosità del pubblico internazionale»

In una delle ultime pagine del diario lesse questo appunto, scritto in italiano: lettera Van Gogh - fra terza e quarta doga - a destra verso il muro.

C'era un vocabolario Italiano-Francese lì, a portata di mano. Pepé tentò una traduzione dell'unica parola di cui era difficile intuire il significato.

"doga, s.f. (della botte) douve"

Che c'entrava una botte con una lettera di Van Gogh? Pepé non riusciva a mettere insieme le due cose, poi lo sguardo gli cadde sul dépliant e capì: il pavimento di legno. Ma certo! Probabilmente la parola italiana indicava anche le liste di legno dei pavimenti, quelle che in francese si chiamano *lattes*.

Quindi l'appunto si riferiva a una lettera infilata tra le doghe del pavimento. Precisamente fra la terza e la quarta tavola, a destra della porta, immaginò Pepé, vicino alla parete.

«Che roba!» mormorò il nostro signor Pérignon. «Quel diavolo ha scoperto il nascondiglio di una lettera di Van Gogh! Non c'è dubbio!»

Pérignon detto Pepé senza la minima esitazione decise che doveva impadronirsi di quella lettera e mettere a frutto la sua scoperta. Per farlo però occorreva sapere qualcosa di più su Van Gogh. Che diavolo aveva dipinto? si domandò Pepé.

C'era un modo sicuro per rinfrescarsi la memoria sul pittore olandese: andare a vedere i suoi quadri al museo d'Orsay. Così la mattina successiva, ecco il nostro Pérignon che si aggira per le sale del museo: con un gioco di parole si potrebbe dire che il suo interesse non era del tutto disinteressato.

Nel 1888 Van Gogh si trasferisce ad Arles, nel sud della francia. Qui spera di organizzare una comunità di artisti e chiama l'amico **Paul Gauguin** per coinvolgerlo nel suo progetto. È in questo periodo che Vincent dipinge molti dei suoi famosi girasoli. Vincent esce a dipingere persino di notte, facendosi luce con le candele applicate al cappello!

LA CASA GIALLA (1888)

PAUL GAUGUIN VINCENT VAN GOGH DIPINGE I GIRASOLI (1888)

L'amicizia tra Vincent e Paul Gaughin era piuttosto burrascosa. **Litigano** spesso furiosamente e una sera, dopo un aspro diverbio, Van Gogh si taglia una parte dell'orecchio sinistro con un rasoio. Subito dopo Gauguin abbandona Arles.

AUTORITRATTO CON ORECCHIO BENDATO (1889)

PAUL GAUGUIN AUTORITRATTO (1893)

LA CAMERA DI ARLES (1888)

9

AL MUSEO D'ORSAY

Finalmente la mattina del mercoledì venne il momento di visitare il museo d'Orsay: il professor Ponzi era eccitatissimo, perché, in fondo, la gita a Parigi l'aveva organizzata pensando soprattutto al d'Orsay e al suo amato Van Gogh.

Raggiunsero il museo in metropolitana.

«Bene ragazzi, eccoci finalmente al museo d'Orsay» declamò il professor Ponzi in perfetto stile da guida turistica. «Contiene la più importante raccolta di dipinti impressionisti francesi. Prima di essere un museo, il d'Orsay era una stazione ferroviaria, costruita per l'Esposizione Universale del 1900, dove sorgeva il vecchio Palazzo d'Orsay. Fu aperto al pubblico come museo nel 1986. Gli spazi interni sono stati disegnati da Gae Aulenti, che è stata uno dei più importanti architetti italiani. La navata centrale è dove una volta correvano i binari. Da lì, attraverso passaggi e terrazze, ci si può muovere sugli altri livelli. E ora seguitemi».

Il grande spazio del museo, delimitato in alto dalla vetrata curva del soffitto e in fondo dall'altra vetrata semicircolare con l'antico orologio al centro, lasciò senza fiato l'intera terza F.

Per Mara visitare il d'Orsay fu come entrare in un mondo magico, un mondo popolato da cani rossi, come quello di un dipinto di Gauguin, o da ballerine vestite di un azzurro intenso così vaporoso da somigliare a sbuffi di vento: le danzatrici blu di Edgar Degas.

Dietro la ringhiera di un balcone, vide due ragazze dipinte da Edouard Manet, con i vestiti bianchi che facevano pensare a una cascata di panna montata.

Restò incantata così a lungo davanti al circo di Georges Seurat, che la professoressa Cortina dovette tornare indietro a recuperarla.

A un certo punto il professor Ponzi richiamò l'attenzione di tutti:

«Osservate bene questo dipinto» disse. «È un posto che vedremo dal vero, la casa del dottor Gachet a Auvers e l'ha dipinto Paul Cézanne. Per noi è importante, perché il dottor Gachet era il medico di Van Gogh...»

In realtà della casa non si vedeva molto: la strada occupava gran parte del quadro e là in fondo spiccava il muro bianco dell'edificio.

A un certo punto Traversa riconobbe il quadro di Manet nel quale si era imbattuto durante la ricerca fatta con Mattia.

«Prof, questo lo conosco!»

«Bravo Traversa, e magari sai anche perché Manet ha dipinto una donna nuda che fa colazione sul prato con questi elegantoni».

«Sì che lo so, era per far vedere che siccome lì non c'entrava niente, allora tutti restavano stupiti, come una specie di scherzo. È una cosa che ci ha spiegato il professor de Julis a me e a Ferro, insomma era più o meno così».

«Direi che ti sei spiegato benissimo» fece il professore, senza nascondere un certo stupore. «Bravo... E ora proseguiamo, ci sono alcuni dipinti importanti da vedere nella sala dei Van Gogh».

Quando arrivarono davanti all'autoritratto di Van Gogh, non poterono avvicinarsi perché c'era un tipo un po' buffo, di bassa statura e rotondo come palloncino, che stava lì, imbambolato, a fissare la barba rossa del pittore olandese.

Van Gogh, in quel ritratto, aveva uno sguardo così enigmatico che non si capiva se fosse il visitatore a guardare il quadro o il pittore a scrutare l'altro.

E comunque quel tipo bizzarro non si spostava.

Dopo aver aspettato pazientemente per alcuni minuti, con mezza classe che premeva alle sue spalle, il professor Ponzi si decise a chiedere garbatamente spazio.

Lo fece in francese:

«S'il vous plait monsieur...»

Come se si svegliasse bruscamente da un sogno, l'altro fece un balzo indietro e pestò un piede all'insegnante.

Poi si profuse in mille scuse:

«Pardon monsieur, je suis désolé...»

Lanciò un ultimo sguardo a Van Gogh, che parve ricambiarlo severamente, e si allontanò a passettini veloci.

"Che buffo personaggio" pensò Camillo Ponzi. "Toulouse Lautrec l'avrebbe ritratto volentieri".

E finalmente la terza F poté sfilare davanti all'autoritratto dell'artista.

«Sembra molto arrabbiato» osservò Mara.

«Probabilmente non era uno che ridesse molto» le rispose il professore. «In compenso sapeva guardare le cose con occhio felice».

E come dimostrazione, subito dopo li fece fermare davanti alla Notte stellata sul Rodano, con le luci che si riflettevano nel fiume e le stelle che sembravano esplodere da dietro l'azzurro del cielo.

Il professore poi chiese a tutti di prestare molta attenzione a un altro dipinto, un ritratto:

«Eccolo qui, il famoso dottor Gachet» disse. «Oh, intendiamoci, famoso solo perché Van Gogh gli ha fatto il ritratto, perché come medico... be', meglio lasciar perdere».

Nel piccolo quadro successivo era dipinta la stanza del pittore, all'epoca in cui abitava ad Arles: il letto, il minuscolo tavolo e le due sedie.

«Che bella!» disse Elisa. «Vorrei averla io una cameretta così!»

«Sembra che tutto stia per cadere, il pavimento è tutto storto» fu il commento di Mattia.

«Ma lo ha fatto apposta a fare tutte le cose così storte? I muri, i quadri appesi, le sedie?» domandò Alex.

«Potrebbe essere la tua stanza, Alex» disse Mattia «con tutte quelle cose messe storte

«Certo che l'ha fatto apposta» disse il professore. «Ma perché l'abbia fatto, be' credo che bisognerebbe chiederlo a lui, e visto che non si può, ognuno si dà la risposta che preferisce».

Usciti dal museo, pranzarono seduti ai tavolini di un bistrot. Poi con la metropolitana raggiunsero il molo di partenza del bateau mouche e si imbarcarono per una breve crociera lungo la Senna.

Una scelta che suscitò grande entusiasmo in tutta la terza F.

Nel tardo pomeriggio, tornati all'ostello, si riunirono per il solito ripasso della giornata. Il raduno della classe nella saletta di soggiorno dell'ostello, fu l'occasione per il professor Ponzi di annunciare la sua proposta per il giorno dopo.

«Nel programma di domani è prevista la visita a Versailles» disse la Cortina. «Ma c'è la possibilità, per chi vuole, di fare una cosa diversa con il professor Ponzi».

E Ponzi proseguì:

«Se riusciamo a formare un gruppo sufficientemente numeroso, potremmo dividerci: la professoressa Cortina accompagnerà a Versailles una parte della classe, mentre gli altri verrebbero con me a Auvers sur l'Oise, un piccolo centro a un'ora da Parigi con moltissimi ricordi di Van Gogh».

Camillo Ponzi si sarebbe molto stupito se avesse saputo che lo strano personaggio che quella mattina gli aveva pestato un piede al museo d'Orsay, e che noi sappiamo chiamarsi Pérignon detto Pepé, proprio in quel momento stava consultando gli orari ferroviari Parigi-Auvers. Infatti, dopo essere tornato a casa e aver riletto con attenzione il pieghevole dell'albergo Ravoux insieme alla pagina del diario di Rossini, Pepé si era fiondato alla gare du Nord per organizzare una gita a Auvers sur l'Oise per la mattina seguente.

E mentre Pepé prendeva nota degli orari, il professor Ponzi prendeva nota delle adesioni alla sua proposta.

«Allora, chi si offre per la gita a Auvers? Potremmo chiamarla Missione Van Gogh!»

Certo che messa in questi termini la faccenda sembrava allettante: missione Van Gogh, nientemeno! Aveva un che di avventuroso.

La prima ad alzare la mano fu Mara.

Subito dopo fu la volta di Elisa, naturalmente, che non si sarebbe mai separata dalla sua migliore amica.

A ruota si aggregò Mattia, che aveva due buone ragioni per unirsi alla compagnia: non perdersi nulla di quello che avrebbe visto sua sorella e andare comunque dove sarebbe andata Elisa.

Alex, Ilario e Loris, compagni di stanza di Mattia, alzarono la mano per solidarietà, e la medesima motivazione fece alzare la mano a Sonia, che divideva la stanza con Elisa e Mara.

A questo punto erano sette.

«Forza, ancora un paio» sollecitò il professor Ponzi.

Ed ecco che, del tutto inaspettatamente, Franco Traversa alzò la mano.

E dunque Michele Sarti poteva tirarsi indietro? Ovviamente no.

Così, nella sorpresa generale, Frank e Mike si unirono al gruppo, suscitando un poco di preoccupazione in quelli che avevano già alzato la mano.

«Te ne restano tredici per Versailles» disse Ponzi alla professoressa Cortina. «Che ne dici?»

Visto che fra quei tredici non erano compresi Sarti e Traversa, la professoressa di francese approvò senz'altro.

«Bene, allora è deciso... e siccome domattina si parte presto, stasera cercate di non tirarla in lungo con le chiacchiere!»

«Cavolo, proprio Franco e Michele ci dovevano capitare!» si lamentò Mattia quando fu in camera con gli altri tre.

«Se lo sapevo mica alzavo la mano!» borbottò Alex. «Quelli ci rovinano la gita, sicuro»

«Però adesso mica possiamo tirarci indietro» osservò Loris.

«Be', comunque siamo pochi e con noi c'è Camillone. Vedrete che non li lascerà fare tanto i furbi...»

A sentir chiamare Camillone il professor Ponzi, tutti scoppiarono a ridere.

«D'accordo, ci penseremo domani...» disse Mattia.

E sghignazzando spensero le luci.

Anche nella stanza che Mara divideva con Elisa e Sonia, prima di spegnere la luce, si parlò della gita dell'indomani e della presenza di Traversa.

Ma siccome non si poteva fare nulla, alla fine anche loro dovettero rassegnarsi ad accettare la situazione.

Poco prima di mettersi a dormire, Mara uscì dalla camera per andare in bagno. A metà corridoio c'era una specie di microscopico salottino riservato agli insegnanti. Avvicinandosi, sentì le voci del professor Ponzi e della professoressa Cortina. Istintivamente rallentò il passo.

«... guarda, c'era davvero da vergognarsi... tu non ti rendi conto perché non c'eri...» diceva la Cortina.

«Secondo me esageri, lo sappiamo come sono i ragazzi» ribatteva Ponzi.

Non è che Mara volesse origliare, per carità: fu piuttosto l'imbarazzo a farla fermare.

Ormai aveva colto un pezzo di conversazione e non sapeva come passare davanti alla porta aperta facendo finta di niente.

Così si fermò.

«Torno indietro? Aspetto?» si domandava.

Intanto i due continuavano a parlare.

«Mio dio!... saranno ragazzi fin che vuoi, ma quel Traversa oggi in metropolitana ci ha fatto fare una figura! Tu eri nell'altra vettura e non l'hai sentito, beato te. Si è messo a parlare in francese, forte, e tutti ci guardavano. Solo che di francese non sa nemmeno una parola... non che con l'inglese vada meglio. Ma almeno quello, sai, un po' con le canzoni, un po' con le pubblicità lo orecchiano più o meno tutti. Invece il Traversa: si è messo a strillare cose del tipo: *che belle la france olalà, quaquaqua, bonjour bonsoir* e poi *la mère de la mère de la mère...* »

La Cortina sembrava proprio seccata, anche se le scappava da ridere.

«Confessa che ti sei divertita anche un po'» la provocò Ponzi.

«Macché divertita! Anzi mi sono anche un poco arrabbiata con te, lo devo ammettere, perché se non fosse stato per la tua idea del «tutti o nessuno» l'avremmo lasciato a casa. Vedi che cosa si guadagna a essere buoni?» disse la professoressa di francese.

«Secondo me sarebbe stato peggio, al ritorno ce l'avrebbe fatta pagare... così invece vede che può fare le cose che fanno tutti gli altri» rispose Ponzi.

La professoressa Cortina sbuffò:

«Bah! Potevi venire a Parigi quasi gratis, insomma pagando solo i pasti all'ostello, e invece hai versato la quota intera per far venire il Traversa. Che ci fa fare 'ste figure... guarda Camillo, non sono così sicura che sia stata la cosa giusta».

«Lo so, non è un ragazzo facile, però suo padre in gita non ce l'avrebbe mandato, ma mica per cattiveria: il fatto è che non ce la fa con i soldi, e magari venire a Parigi, chissà... forse gli può servire. Forse vedendo qualcosa di diverso, apre gli occhi, si rende conto che il mondo è grande».

«See, finora ha solo aperto la bocca, e per dire stupidaggini. Comunque forse hai ragione... o forse sei un illuso, chissà. Vabbé, andiamo a dormire, ché domani sarà una giornatina... ah, a proposito, domani con 'sta bella pensata della gita ad Auvers, il Traversa te lo godi tutto tu, caro mio. Anche se avrei giurato che preferisse gironzolare in un parco piuttosto che ascoltare le tue storie su un pittore morto e sepolto. Ma lo sa che andate a visitare un cimitero?»

«I dettagli non ho ancora rivelati... comunque hai ragione, è strano»

«Bene, allora buonanotte Camillo».

«Buona notte, Iris».

Mara fece un rapido dietro front e in punta di piedi si allontanò dal salottino prima che i due uscissero.

Quando il professor Ponzi e la professoressa Cortina comparvero nel corridoio, lei era sufficientemente lontana da far pensare che stesse arrivando in quel momento.

«Oh, Mara, che ci fai ancora alzata?» disse l'insegnante di francese.

«Vado un momento in bagno, prof».

«Va bene, ma cercate di dormire, non chiacchierate fino all'alba».

«Certo prof, buonanotte».

«Buonanotte».

Tornata in camera, Mara fu tentata di raccontare quello che aveva sentito alle due amiche ma, riflettendoci, decise che era meglio non dire niente. Anzi, pensò che era giusto non dire niente. Non solo perché le sue compagne erano già abbastanza preoccupate per la presenza di Traversa nel loro piccolo gruppo, ma anche per non tradire il segreto del professor Ponzi.

Si addormentò pensando a quanto poco si sappia degli altri.

L'edificio del **museo d'Orsay** era una stazione ferroviaria, la gare d'Orsay appunto, e il progetto per la sua ristrutturazione è stato fatto dall'architetto italiano **Gae Aulenti**: dal nome non si capisce, ma era una donna!

DAVANTI AL MANICOMIO DI SAINT-REMY (1888)

Dopo il drammatico episodio del taglio dell'orecchio, Vincent si fa ricoverare nel manicomio di Saint-Rémy de Provence. Qui non tralascia di dipingere e tiene una fitta corrispondenza con il fratello Theo. È di questo periodo la **Notte stellata** del 1889.

CAMPO DI GRANO CON CIPRESSI (1889)

Nel giugno 1889 scrive:

"... I CIPRESSI MI
PREOCCUPANO SEMPRE.
VORREI FARNE UNA
COSA COME LE TELE
DEI GIRASOLI,
PERCHÉ MI STUPISCE
CHE NON LI ABBIANO
ANCORA FATTI
COME LI VEDO IO. UN
CIPRESSO È BELLO
IN QUANTO A LINEE
E PROPORZIONI,
COME UN OBELISCO
EGIZIO. E IL VERDE
È DI UNA QUALITÀ
COSÌ RAFFINATA. È LA
MACCHIA NERA IN UN
PAESAGGIO ASSOLATO
MA E UNA FRA LE
NOTE NERE PIÙ
INTERESSANTI..."

NOTTE STELLATA (1889)

10

SULLA TOMBA DI VAN GOGH

P

Per Auvers-sur-Oise occorre prendere la Rete Espressa Regionale e cambiare St. Ouen. Non è un viaggio semplicissimo, se si deve accompagnare una scolaresca, ma il fatto di essere un piccolo gruppo facilitava le cose.

Auvers è ad appena trenta chilometri da Parigi, circa un'ora con i mezzi pubblici.

Si attraversa una campagna molto verde, lungo il corso del fiume Oise. Lungo il tragitto, dal treno si intravedono filari di pioppi. Il paese ha una bellezza severa e modesta, con le case in pietra dai tetti di tegole scure, che salgono a ripiani su una collina sovrastante l'Oise: le stesse costruzioni che vide Van Gogh quando vi arrivò nel maggio del 1890. Allora Auvers era un piccolissimo villaggio, in una posizione panoramica che da molto tempo ispirava i pittori.

Il professor Ponzi spiegò che ad Auvers aveva vissuto il dottor Paul Gachet, medico e pittore dilettante, grande amante dell'arte e degli Impressionisti in particolar modo.

«Vi ricordate? Avete visto il suo ritratto al Museo d'Orsay»

«Quel tipo mezzo addormentato con la giacchetta blu e il berrettino bianco? Me lo ricordo prof! Sembrava Ferro quando fa gli occhi da triglia a Elisa».

Traversa non aveva rinunciato alla battuta, però sembrava stupito lui stesso di ricordarsi il ritratto.

Mattia preferì stare zitto ed Elisa si limitò a colorarsi di un bel rosso tramonto.

«Bravo!» fece il professore. «Proprio lui: il dottor Gachet, che non somiglia per niente a Mattia. Gachet aveva avuto in cura, e qualche volta ospitato in casa, sua molti pittori, e possedeva una bella collezione di quadri. Fu appunto per farsi curare dal dottor Gachet, che Van Gogh si trasferì a Auvers».

Il professor Ponzi, appena fuori dalla stazione, si mise alla guida del suo piccolo gruppo:

«Ora vi porto a vedere una cosa» disse. «Seguitemi»

Attraversarono il centro, passarono davanti alla locanda Ravoux e al Municipio. Poi si incamminarono per una piccola salita.

«Prof, ma non si arriva mai?» si lamentò Traversa.

«Ci dice dove stiamo andando?» fece Elisa con voce lamentosa.

«Siete poco abituati a camminare, eh?» disse il professor Ponzi, che marciava con passo gagliardo (e un po' di fiatone) davanti a tutti. «Non manca molto, stiamo andando al cimitero».

«Al cimitero?» esclamò Sarti.

«Sì, nel cimitero di Auvers c'è la tomba di Van Gogh. Incominceremo da lì».

Nessuno fece commenti, anche se il pensiero di tutti in quel momento era:

«Al cimitero! Che bella gita, perché non sono andato a Versailles?»

Poco dopo raggiunsero il piccolo cimitero del paese.

Entrarono e si inoltrarono fra le tombe.

Sulle pietre più antiche quasi non si leggevano i nomi. Ogni tanto c'era qualche tomba più solenne, un tempietto, un piccolo monumento in marmo.

Poi eccole, le tombe affiancate di Theo e Vincent Van Gogh.

Addossate a un muro di pietre chiare si vedevano due lapidi bianche, una di fianco all'altra, vicinissime fra loro. Sulla lapide di sinistra c'era scritto:

ICI REPOSE VINCENT VAN GOGH - 1853 - 1890

Su quella a destra di poteva leggere:

ICI REPOSE THEODORE VAN GOGH - 1857 - 1891

Non c'era altro, né tumuli, né sculture, né lastre tombali. Tutto era ricoperto da un folto tappeto di edera.

Di fianco alla lapide di Vincent, qualcuno aveva posato un vaso di erica, un semplice vaso di terracotta. Un piatto bianco di ceramica fungeva da sottovaso.

Mattia trovò tutto questo commovente, più che se avesse avuto di fronte una tomba monumentale con il busto del pittore cinto di gloria.

Ma naturalmente chi si commosse più di tutti fu il professor Ponzi.

«Vincent morì qui a Auvers e fu subito seppellito in questo piccolo cimitero... il fratello invece fu portato qui solo nel 1914. È stato un bel pensiero metterli vicini, no?»

Mentre stavano lì, in contemplazione davanti alle tombe di Vincent e di Theo, Mara alzò la mano per parlare, come se fossero in classe.

Al professore venne da sorridere, e anche gli altri ridacchiarono un poco.

«Sì, Mara» disse il professor Ponzi. «Puoi parlare liberamente, magari a bassa voce, visto siamo in un cimitero, ma non è necessario alzare la mano».

«È l'abitudine, prof» fece Mara. «Comunque volevo dire... un pittore così importante, così famoso... e non c'è nemmeno una statua».

«La statua l'hanno messa in paese, dopo andiamo a vederla» disse il professore.

«Sì però, che tomba misera: praticamente c'è solo edera, e poi quella pietra, insomma, come se fosse uno qualunque».

«Io credo che se Van Gogh potesse vedere la propria tomba sarebbe contento di com'è».

Qualche ragazzo si guardò intorno perplesso: contento di quella lapide annerita dal tempo e quasi sepolta dalle piante?

Il professore frugò nella solita borsa di cuoio e prese un piccolo libro.

«Questa è una scelta delle lettere che Van Gogh ha scritto a Theo» disse. «E in previsione della visita al cimitero mi sono segnata questa, sentite un po'. A un certo punto Van Gogh scrive: *Nella vita di un pittore il successo è praticamente la cosa peggiore che gli possa capitare*».

«Cioè, sarebbe come dire che non gliene fregava niente di quello che la gente pensava dei suoi quadri?» disse Traversa. «Allora mica era tanto furbo».

«Infatti, caro il mio Frank» gli rispose il professor Ponzi. «O sei un artista o sei un furbo... nella vita non si può essere... tutto... bisogna scegliere. E comunque alla fine poi vedi che Van Gogh ha avuto ragione: la dimostrazione è che siamo qui a parlare di lui, intorno alla sua tomba, anche se da vedere c'è solo un tappeto di edera e una pietra... Pensate che non hanno fatto nemmeno il funerale in chiesa perché si è sparato e i suicidi non erano ammessi in chiesa... che poi forse non voleva nemmeno ammazzarsi, forse è stato un incidente...»

Il professor Ponzi stava per aggiungere qualcosa quando sopraggiunse un tipo, piuttosto pittoresco, che mentre si avvicinava già si rivolgeva ai ragazzi, domandando di dove venissero.

«Olà, buongiorno, buongiorno! Siete una scolaresca? E di dove venite? Spagna? Italia? Non siete francesi vero?» (forse una frase più smozzicata con parole italiane e spagnole? Qualcosa tipo: «Olà, bonjour! Espanol? Italia? Gita scolastica? È il vostro professore?»

Indossava dei buffi pantaloni a quadri gialli e neri, che sotto le ginocchia si infilavano dentro a un paio di calzettoni rossi. Anche la giacchetta era rossa, e sotto la giacca portava una maglia color senape. Ai piedi aveva scarponcini da montagna e, nonostante la giornata fosse piuttosto calda, teneva in testa un berretto di panno, un basco blu, con un pon-pon rosso in cima.

Sembrava un personaggio dei fumetti.

«Buongiorno a lei» disse il professore. «Ha quasi indovinato, siamo italiani. Veniamo da Torino».

«Ah, Torino... allora, come si dice, siamo quasi cugini...

n'est-ce-pas? E siete venuti a visitare la tomba del povero Vincent... bravi, bravi. Era un grande pittore, il più grande di tutti!»

«Certo!» disse allegramente il professor Ponzi, che non poteva che essere d'accordo con quello strano tipo. «Un grandissimo pittore. Nessuno come Van Gogh!»

«*Ah bien!* E noi qui a Auvers siamo molto orgogliosi di tutti i quadri che lui ha dipinto proprio nella nostra città... avete già visitato la casa del dottor Gachet? E l'Auberge Ravoux, dove lui ha abitato?»

«Non ancora» disse il professore. «Ci andremo tra poco».

«Molto bene, molto bene. Ma che maleducato sono! Faccio tante chiacchiere e non mi sono nemmeno presentato: il mio nome è Daubigny, come il pittore... vi dice niente questo nome? Eh, Daubigny fu un pittore famoso, soprattutto qui a Auvers... ma io non sono un suo parente. No, no... Soltanto chi conosce bene il posto, le persone, soltanto chi vuole... come si dice... scavare, no, approfondire la storia, sa di quell'altro Daubigny, che era il nome del mio trisnonno. Lui si chiamava Francois, proprio come me: Francois Daubigny. Eh, il famoso pittore si chiamava Charles-Francois, il mio trisnonno solo Francois».

«Parla molto bene l'italiano, signor Daubigny» osservò il professor Ponzi, cercando di arginare quel fiume di parole.

«Ho sempre studiato l'italiano... in famiglia abbiamo sempre studiato tutti l'italiano, per noi è come una tradizione. Tutti i Daubigny qui a Auvers sono stati maestri elementari e studiosi dell'italiano!»

«Quindi anche lei è maestro elementare?»

«Certamente! Be', ora sono in pensione, ma ho fatto il maestro elementare per tutta la vita! Come mio padre, mio nonno e il mio bisnonno eccetera eccetera».

«Complimenti alla famiglia» disse il professore, con un pizzico appena di ironia. Sembrava che non prendesse molto sul serio quello strano tipo. In realtà, sperava anche che se ne andasse un po' alla svelta, prima di completare l'intero albero genealogico della sua famiglia.

Ma quello non fece caso al tono del professore, e proseguì come se niente fosse:

«Il mio bisnonno, sapete, era maestro elementare, qui a Auvers, giusto nel 1890, quando il povero Vincent ha avuto... si come si dice... quel brutto incidente. Ah, ma non è importante che lui faceva il maestro elementare, no, no. È che, dovete sapere... lui è stata l'ultima persona a vedere il povero Vincent, appunto prima della disgrazia».

Queste parole risvegliarono immediatamente l'attenzione del professor Ponzi. Il nome magico, Vincent, ancora una volta fece il suo Ftto.

«Francois, si chiamava Francois il mio povero trisnonno. Oh dico così perché quando uno è morto si dice sempre povero qui e povero là, non è vero? Ma lui non era per niente povero, no, no. Faceva il maestro come ho detto, e dunque aveva un lavoro e conosceva tutti qui... e soprattutto era molto amico di Vincent. Oh sì, molto amico. Faceva con lui grandi passeggiate... già, già. E parlava. Parlava con il povero Vincent, parlava molto. Oh bene, allora sapete, proprio il giorno che il povero Vincent si prese il colpo di pistola, lui il mio trisnonno Francois... « a questo punto il signor Daubigny abbassò la voce, come chi si decide a fare una confidenza a una ristretta cerchia di persone, e magari teme che qualche sconosciuto possa sentire.

«... Lui aveva incontrato Vincent nei campi, proprio quella mattina... e sapete» Daubigny abbassò ancor più la voce, che divenne un sussurro appena percettibile, «in famiglia, perché queste cose si tramandano in famiglia... insomma di nonno in nipote... si è sempre detto che quel giorno Vincent... il povero Vincent, non era solo».

E tacque, in attesa di qualche reazione dal suo pubblico.

I ragazzi erano attentissimi. Lo strano personaggio aveva catturato perfino Frank.

Fu di nuovo il professor Ponzi a parlare:

«Cioè, non si sarebbe suicidato?»

«Proprio così!» disse contento il signor Daubigny. «Era un uomo tormentato, pieno di problemi, ma quello era un buon periodo per lui. Aveva appena iniziato a scrivere una lettera al fratello con parole piene di ottimismo e soprattutto….»

E qui fece una lunga pausa a Ftto.

«Soprattutto aveva ordinato una grossa quantità di colori. Dunque aveva intenzione di dipingere, non certo di morire».

«Allora vuole dire che non si è sparato, ma che è stato qualcuno a sparagli!» intervenne Frank con un sorrisino. «Perciò potevano fargli il funerale in chiesa!»

Daubigny osservò Traversa con un misto di stupore e ammirazione. Anche il professor Ponzi osservò Traversa piuttosto meravigliato. Per la verità tutto il gruppo si voltò a guardare Traversa: nessuno si sarebbe aspettato da lui un'osservazione così netta, precisa.

Le parole di Frank dimostravano due cose. Prima di tutto che era stato attento a quello che il professore aveva detto un momento prima, e poi che la cosa l'aveva interessato. Insomma, un atteggiamento del tutto nuovo.

Fu Mara a rompere l'incantesimo:

«Quindi il suo trisnonno pensava che gli avessero sparato?»

«Eh, lui diceva che è un mistero! Nessuno lo ha mai saputo per certo! E la pistola non è mai stata trovata».

Le facce dei ragazzi esprimevano delusione. Che mistero è se nessuno riesce a svelarlo?

«Ma ci sono dei forti sospetti» aggiunse subito Daubigny.

Impressionava il fatto che, benché Van Gogh fosse morto nel 1890, lui ne parlasse come se avessero fatto il funerale il giorno prima.

«Vedete» proseguì il maestro elementare in pensione, «nelle lettere di Vincent non c'è nessun messaggio che faccia pensare al suicidio. E poi c'è il biglietto trovato nei suoi vestiti, che era una parte della sua ultima lettera al fratello Theo, scritta il giorno stesso del colpo di pistola, il 27 luglio, e anche lì niente parole di morte. E c'è di più: la lettera non è finita. Allora, uno che si vuole ammazzare, di solito finisce di scrivere la sua ultima lettera, no? E poi, diceva il mio trisnonno, qui a Auvers, tutti zitti: nessuno ha visto, nessuno ha sentito. Silenzio assoluto sull'incidente, eppure era domenica, era estate e per le strade c'era una gran folla di gente. E la pistola? Sparita...»

«Be', certo è una storia strana» disse Mattia. «Ma è passato tanto tempo. Sarà impossibile scoprire la verità ormai».

«Oh, tu sei sempre così» protestò Mara. «Sempre a fare il precisino, a mettere le cose in ordine... ma qui c'è un mistero e... forse varrebbe la pena indagare, immaginare un finale diverso...»

«Visto che tutti gli eventuali testimoni sono morti, spiegami come si potrebbe arrivare a…»

Il professor Ponzi pensò bene di interrompere quella discussione tra i gemelli.

«Va bene ragazzi! Ringraziamo il signor Daubigny per la sua gentilezza e mettiamoci in cammino... ora dobbiamo andare a vedere la casa del dottor Gachet, e poi visiteremo anche l'hotel Ravoux. Non abbiamo tutto il giorno!»

Questo suonò anche come commiato nei confronti del maestro in pensione.

«Arrivederci, monsieur Daubigny, e grazie per la chiacchierata».

«Grazie a voi» fece l'altro. «Fa sempre piacere vedere dei giovani che si interessano all'arte, sapete, e quando posso parlare in italiano con qualcuno, sono felice... au revoir, salutatemi Torino e... ma lo sa professore che lei mi ricorda tantissimo il nostro attore... il grande Fernandel... glielo hanno mai detto?»

Il professor Ponzi sospirò.

«Sì, sì, me l'hanno detto... tante volte! *Adieu!*»

«Adieu! Adieu!»

L'anziano maestro continuò a sventolare la mano e a salutare finché non furono fuori dal cimitero.

11

ALLA CASA DI GACHET

Mentre si avviavano verso la casa del dottor Gachet, il professore riprese il discorso sulla morte di Van Gogh.

«Sapete, quel tipo, non ha detto niente di nuovo. Qualcuno ha fatto l'ipotesi che Van Gogh non fosse solo il giorno che si è sparato... anzi, che non sia nemmeno stato lui a spararsi ma che qualcuno l'abbia colpito involontariamente... un incidente, insomma».

«Ma se è stato un incidente perché lui non l'ha detto?» intervenne Mara.

«Forse per proteggere la persona che era con lui... per evitargli grossi guai. Chissà, potrebbe aver pensato che era inutile far sapere come erano andate le cose, che se doveva morire tanto valeva far credere che si fosse sparato da solo. Non lo sapremo mai».

Allora Traversa se ne uscì con una considerazione che stupì tutti, e in particolare meravigliò il professore.

«Cavolo» disse Frank. «Che storia, prof! È un bel mistero, ci vorrebbe Poirot per capirci qualcosa!»

«Poirot?» disse allibito il professore. «Intendi Hercule Poirot, l'investigatore, il personaggio di Aghata Christie? Traversa, non sapevo che fossi un lettore di gialli».

«Macché lettore, prof... voglio dire quello dei telefilm... quello che risolve tutti i misteri».

«Appunto lui, Traversa. Chi pensava che ti potessero piacere delle storie come quelle, non so, non ti sembrano un po'... antiche?»

«Eh sì che sono antiche, prof, ma è mia nonna che è fissata con quei telefilm, allora quando sto con lei per farle compagnia, non c'è nient'altro da fare e mi tocca guardare 'ste cavolate».

Traversa ora si schermiva, come se si fosse reso conto solo in quel momento di aver detto troppo, di essersi lasciato sfuggire cose che avrebbe preferito tacere, come per esempio che passava del tempo a far compagnia a sua nonna.

Mattia non resistette alla tentazione di fare una battuta:

«Allora sarebbe che fai un po' il badante a tua nonna...?»

Traversa reagì immediatamente.

«Oh, Ferro! Vedi un po' di farti i cavoli tuoi... e poi che credi, io mica mi faccio pagare! Badante dillo a tua sorella!»

Il professor Ponzi si intromise subito fra i due.

«Mattia, hai detto una sciocchezza! E tu, Franco, quello che fai è molto bello, e ti dirò una cosa: i telefilm con Poirot piacciono anche a me, e pure i romanzi. Hai ragione a dire che ci vorrebbe uno come Poirot per risolvere il mistero della morte di Van Gogh».

Rabbonito, Traversa azzardò un commento:

«Che poi prof, 'sto Van Gogh secondo me era un bel po' fuori di testa. Dipingeva e scriveva cose strane e nemmeno è riuscito ad ammazzarsi in un modo normale...»

«Sì, l'hanno pensato in tanti che fosse, come dici tu, fuori di testa. Qualcuno dice matto da legare, e d'altra parte in manicomio c'era stato, anche se per poco. Ma questo non significa niente, a quei tempi si mandava la gente in manicomio con molta disinvoltura. Tanti altri hanno pensato che invece fosse un genio e che la sua follia non dipendesse tanto da lui, ma dal fatto che le persone che aveva intorno non lo comprendevano».

«Sì, però quella storia dell'orecchio» disse Mara. «Insomma, tanto giusto non era...»

«Prof, ma è vero che si è tagliato un orecchio? Così, per sport?» domandò Michele Sarti.

Il professor Ponzi era al settimo cielo.

Che Sarti e Traversa si interessassero alla vita di Van Gogh, che facessero domande, che non si limitassero a fare i cretini in gita era per lui un successo enorme.

«E tu Sarti che cosa ne sai della storia dell'orecchio di Van Gogh?» domandò il professore.

«Mah, ho letto da qualche parte che si è tagliato un orecchio con il rasoio, ma non come mio padre quando si fa la barba... si è proprio tagliato via mezzo orecchio, così, solo perché si era inc... incavolato»

«Io ho sentito che l'ha regalato a una ragazza, dico, il mezzo orecchio tagliato...» aggiunse Mara.

Il professor Ponzi si fermò: era evidente che intendeva dire qualcosa di importante e voleva tutta l'attenzione. Il gruppetto gli si fece intorno.

«Sapete che cosa mi fa arrabbiare di tutta questa storia? Il fatto che tanti diano importanza a una stupidaggine come l'orecchio tagliato senza considerare che Van Gogh fu un genio assoluto della pittura. Cioè, le cose che contano non sono i suoi momenti di sconforto o qualche gesto sconsiderato: la cosa che conta è che lui ha rivoluzionato la pittura e il nostro modo di guardare il mondo. Van Gogh in un certo senso si considerava un impressionista, ma in realtà gli impressionisti li aveva superati di un bel pezzo. Senza Van Gogh la pittura contemporanea non sarebbe la stessa... quindi non date tanto peso a quella storia dell'orecchio. Si è tagliato l'orecchio per non tagliare la gola a Gauguin, con il quale aveva litigato furiosamente. È successo ad Arles, quando vivevano nella stessa casa. Tutto sommato è stato un bel gesto, non vi pare?»

«A me sembra strana questa cosa, prof» intervenne Traversa. «È come se io volessi dare un pugno a Michele e, alla fine, dessi un pugno in faccia a me».

«Oh, a chi dai un pugno tu?» protestò Sarti, che non aveva gradito l'esempio.

«Se tu volessi dare un pugno a Michele ma sapessi che è sbagliato, forse anche tu cercheresti di fare qualcosa di diverso...» disse il professore.

«E la storia che ha regalato l'orecchio alla ragazza?» domandò Mara.

Ponzi alzò le spalle.

«Forse era innamorato...»

«Ah, ma allora forse è per la ragazza che hanno litigato» intervenne convinta Elisa. «E questo spiega tutto!»

Tutti si voltarono a guardarla, perché Elisa raramente parlava senza essere interrogata. Lei arrossì leggermente:

«Be', se era un artista, sarà stato anche un po' romantico, no?» balbettò.

Mattia pensò che se qualcuno si azzardava a prenderla in

giro se la sarebbe vista con lui, fosse stato anche il terribile Frank. Ma nessuno trovò niente da ridire. A parte sua sorella che lo guardò bene in faccia e si lasciò scappare un risolino...

«Andiamo su, c'è ancora un pezzo di strada da fare» tagliò corto il professore ripartendo di buon passo. La discussione finì lì, ma Traversa volle avere l'ultima battuta:

«Ehi Ferro, se ti tagli l'orecchio per darlo a Elisa vedi che poi diventi famoso anche tu!»

Camminarono per un poco allontanandosi dal paese, finché trovarono un cartello arancione, con una scritta gialla che diceva: Maison du doctor Gachet e una freccia blu che indicava di andare verso sinistra.

Arrivarono a una scalinata: stretta, lunga, ripida.

A metà dei circa venti scalini, sull'alzata erano immortalati i nomi dei pittori famosi che l'avevano percorsa.

A salire si trovavano Pissarro, poi Guillaumin, poi Cezanne e infine Van Gogh.

E finalmente, in cima, ecco la casa. Squadrata, bella e austera, con tre file di persiane bianche e sul davanti una terrazza ricolma di piante e fiori.

All'ingresso li accolse una gentile signora che informata della loro provenienza iniziò subito la sua spiegazione in italiano.

«Come vedete si tratta di un grande edificio a due piani, un ex pensionato femminile trasformato in una villa borghese. Il dottor Gachet, che al tempo era vedovo, solitamente trascorreva qui i fine settimana con i suoi due bambini e una governante. Per il resto era molto impegnato: era al tempo stesso medico della Compagnia Ferroviaria e medico ispettore delle scuole di Parigi. Faceva anche parte di numerose associazioni di medicina, di storia e di letteratura. Nel tempo libero, studiava la chiromanzia e naturalmente coltivava la sua grande passione per la pittura e l'incisione. Ma forse vi domanderete perché Van Gogh si sia rifugiato proprio qui, a Auvers... Ebbene...» qui la gentile signora abbassò un poco la voce e prese un tono confidenziale «... dopo il periodo passato in manicomio, sapete, a seguito del taglio che si fece all''orecchio sinistro... in una crisi di follia, Van Gogh venne qui, sperando che il dottor Gachet riuscisse a guarirlo dalla depressione. Infatti con i suoi discorsi e con la sua terapia, che consisteva soprattutto nel consigliargli di pensare unicamente alla sua pittura, il dottor Gachet restituì un certo equilibrio al suo paziente. Van Gogh e Gachet divennero subito amici, tanto che Vincent dipinse tre ritratti del medico: un'incisione e due tele. Uno dei due ritratti si trova all'Orsay».

Il professore si rivolse al suo gruppetto:

«Ve lo ricordate vero?».

E lanciò anche uno sguardo significativo a Traversa, sperando che non ripetesse il suo commento sugli occhi del dottore.

Traversa però tacque. Fu invece Mattia che, alzando la mano come se fossero in classe, domandò:

«Scusi, e l'altro ritratto?»

La signora scosse la testa rassegnata:

«Oh, l'altro ritratto ha avuto una storia molto avventurosa, è passato di mano in mano prima, durante e dopo le due guerre mondiali, poi è stato acquistato da un miliardario giapponese e... alla fine non se n'è saputo più niente. Un vero mistero... ma qui abbiamo la copia: nella casa vedrete molte copie dei quadri di Van Gogh, e anche altre cose interessanti, tante stampe e la pressa che il dottore usava per le sue incisioni. Prego, accomodatevi. Sapete, Gachet fu un grande collezionista e le donazioni fatte da suo figlio, Paul Gachet, hanno arricchito il museo d'Orsay».

Terminata la visita alla casa, accompagnandoli all'uscita, la signora prese un tono mesto, come chi deve dare una brutta notizia:

«Come saprete, il giorno 27 luglio 1890, in assenza del medico, Van Gogh si sparò in pieno petto. Forse, se fosse stato ad Auvers il dottor Gachet avrebbe saputo evitare tutto questo, o almeno avrebbe potuto curarlo efficacemente. Ma quando ritornò, purtroppo era troppo tardi, *quel dommage!*»

La signora esalò un drammatico sospiro, ma si riprese immediatamente e aprendo la porta, con un largo sorriso esclamò:

«Avete visto il giardino? Oh, è una vera meraviglia! E l'hanno dipinto in tanti sapete. In giardino il dottor Gachet ospitava un vero reggimento di gatti e cani, oltre a una capra e una tartaruga!»

Era così contenta di poter dare quest'ultima informazione, che sembrava quasi di vederli, i cani e i gatti e la capra e la tartaruga, che si aggiravano lì in mezzo alle piante, portando un poco di allegra confusione in una casa per il resto così severa.

Quando furono di nuovo lungo la strada che portava al centro del paese, il professor Ponzi si fermò e prese il suo libretto delle lettere.

«Ragazzi, sentite che cosa scriveva Van Gogh in quei giorni: *non dobbiamo in nessun modo contare sul dottor Gachet, è più malato di me, se un cieco conduce un altro cieco non finiscono tutti e due nel fosso?* Insomma, la signora è stata gentilissima, ma forse il dottor Gachet non era la persona più adatta a occuparsi di Vincent, vi pare?»

«Insomma» fece Traversa alzando le spalle, «erano matti tutti e due!»

«Forse sì» disse il professore. «Ma certamente Vincent aveva una personalità ben più complessa... pensate che quando era più giovane aveva fatto per anni il predicatore in Belgio, nella regione delle miniere di carbone... forse per seguire le orme del padre che era pastore protestante. Per fortuna poi ha preferito dedicarsi tutto alla pittura!»

Nel 1890, Van Gogh ritorna ad Arles, ma continua ad avere **crisi depressive**. A maggio, decide di stabilirsi a Auvers sur Oise, per farsi curare dal **dottor Gachet** che è anche artista dilettante, collezionista e suo ammiratore.

LA CASA DEL DOTTOR GACHET A AUVERS, DI CEZANNE (1873)

In realtà il dottor Gachet **non è assolutamente in grado di curare Vincent**: tutto quello che gli consiglia è di **continuare a dipingere.**

Lo stesso Van Gogh si rende conto della incapacità del medico. In una lettera indirizzata a Paul Gauguin, Vincent scrive che il volto del dottore è "l'espressione disillusa del nostro tempo", mentre con il fratello Theo lo definisce "**simpatico, ma disturbato quanto me**".

RITRATTO DEL DOTTOR GACHET (1890)

12

LA STANZA DEL PITTORE

Finalmente arrivarono all'Hotel Ravoux. Era una casa molto pittoresca: ora si presentava come una locanda graziosa e invitante, ma al tempo in cui vi abitava Van Gogh era uno degli alberghi più economici del paese. Naturalmente la stanza del pittore era l'attrazione principale dell'edificio, ma la Maison Van Gogh, come era stata ribattezzata, aveva anche fama di essere un ottimo ristorante.

«Siete fortunati» disse madame Piquard, che gestiva la locanda. «Oggi è appena giovedì e ci siete solo voi... se fosse dejà le weekend... oh, alors ci sarebbe tantissimo di gente!»

Il professor Ponzi disse a madame Piquard che avrebbero voluto prima vedere la stanza del pittore e poi, se era possibile, fare uno spuntino nel déhors del ristorante, dei semplici panini...

Nel frattempo era arrivato un altro visitatore, che si teneva un poco in disparte, e aspettava anche lui di poter salire nel sottotetto, dov'era la camera di Van Gogh. Nessuno gli fece caso.

Se l'insegnante fosse stato un po' meno attento ai suoi ragazzi e un migliore osservatore, avrebbe forse riconosciuto l'ingombrante e maldestro visitatore del d'Orsay che si era scontrato con i suoi piedi.

Madame Piquard spiegò a tutti che per la visita alla stanza gli adulti dovevano pagare un biglietto, mentre per i ragazzi l'ingresso era gratuito.

Dopo che il professor Ponzi e l'altro turista ebbero comprato il biglietto, madame Piquard divise i visitatori in due gruppetti e li accompagnò, un gruppo alla volta, su per le scale.

La camera di Van Gogh era uno stanzino minuscolo, completamente vuoto, a parte una sedia impagliata messa in un angolo. La luce entrava da una finestrella in alto, un abbaino, e il pavimento di assi di legno scricchiolava sotto i piedi. Madame Piquard indicò la parete alla sua destra.

«Lì c'era il letto» disse con il suo buffo accento francese. «E da quella parte immaginate un tavolo, e poi tanti dipinti, quadri senza cornice, tele appoggiate al muro, ammucchiate sul pavimento... e poi un baule da viaggio e il catino e la brocca per lavarsi. Ecco, tutto qua...»

Rimasero in silenzio per qualche istante. Poi Mara disse:

«Certo che fa una strana sensazione! Pensare che Van Gogh ha camminato proprio qui, magari ha toccato questo muro... insomma, ha respirato qui dentro come noi».

«Proprio così Mara» disse il professor Ponzi. «È per questo che siamo venuti fin qua».

L'insegnante prese di tasca il solito libretto delle lettere di Van Gogh:

«Sentite una frase della lettera che ha scritto proprio in questa stanza: *Per il mio lavoro rischio ogni giorno la vita, e vi ho perduto metà della mia ragione.* Poi quando il fratello lo raggiunse, proprio qui, gli confidò: la mia tristezza non avrà mai fine».

«Certo che in un posto così era difficile non essere tristi» osservò Mattia. «Sembra una prigione...»

«Il problema non era il posto, Mattia» disse Ponzi. «A lui non importava niente della stanza, del cibo e di tutto il resto: gli importava solo della pittura, comunicava attraverso la pittura e siccome la sua pittura non veniva capita, se non da pochissimi, fu sempre triste... e anche solo. Ma ora facciamo salire gli altri, non cominciate ad avere un po' di appetito?»

Il primo gruppetto scese e salirono i compagni che avevano aspettato ai piedi dalla scala. Quando anche il secondo gruppetto ebbe terminata la visita, si ritrovarono tutti insieme al pianterreno. Ora sarebbe toccato a quell'altro turista di salire alla camera dell'ultimo piano.

Ma se n'era rimasto così in ombra che Madame Piquard sembrò averlo dimenticato.

Così, mentre il gruppo della terza F aspettava al piano terra che madame Piquard preparasse le baguettes al prosciutto per il loro pranzo all'aperto, nessuno si era accorto che quel discreto silenzioso visitatore aveva infilato la scala ed era salito non visto ai piani superiori.

«Dejeuner sur l'herbe» diceva intanto il professor Ponzi, che non perdeva un'occasione. «Come il quadro di Manet che avete visto all'Orsay, ti ricordi Traversa? Solo che il nostro sarà un dejeuner sui tavolini qui fuori».

«Certo che me lo ricordo quel quadro!» esclamò Traversa.

«Non avevo dubbi che te lo ricordassi» gli rispose l'insegnante.

E tutto il gruppo scoppiò in una risata.

Cosa strana, rise anche il terribile Frank.

Nella stanza di Van Gogh intanto, Pepé meditava sulla propria sfortuna. Secondo lui infatti la sfortuna lo perseguitava. Lo perseguitava praticamente da quando era nato. Lo rincorreva da quando era bambino, e il più delle volte riusciva ad acchiapparlo. Pepé non era mai abbastanza veloce.

Non era stato un bell'esempio di sfortuna l'aver affittato il suo mezzo appartamento, fra i tanti che gliel'avevano chiesto, proprio a quell'italiano che aveva poi smesso di pagargli l'affitto?

E non era sfortuna allo stato puro che l'unico oggetto che probabilmente avesse un qualche valore, l'italiano lo avesse nascosto a trenta chilometri da Parigi in quell'accidente di locanda-museo? Comunque questa volta sembrava proprio che gli fosse andata bene.

Nessuno era salito a vedere che cosa stesse combinando. L'assicella del pavimento si era sollevata senza difficoltà e con la punta delle dita Pepé aveva subito trovato qualcosa: un foglio ripiegato più volte che aveva l'aria di essere lì da molto tempo.

Dopo aver fatto ciò che era venuto a fare, ficcati in tasca il coltellino svizzero e il foglio, Pepé ridiscese la scala, cercando di assumere un'aria indifferente e disinvolta.

Ma ecco che la solita sfortuna lo aspettava al pianterreno, naturalmente. Perché proprio lì, posata su una credenza, c'era di solito un'antica salsiera d'argento che veniva usata solo come soprammobile.

Ogni tanto però era necessario lucidarla, e proprio la sera prima monsieur Piquard l'aveva presa e l'aveva portata a casa per darle una bella lustrata, senza dire niente alla moglie.

Fu un vero peccato che madame Piquard non ne fosse informata.

Uscì dalla cucina con il vassoio colmo di baguettes imbottite di burro e prosciutto, e incrociò quel tipo, che a lei già da prima era sembrato un po' losco, che scendeva dalla scala. Quando vide che si avviava all'uscita con un certa fretta, il suo sguardo si spostò sulla credenza. Madame Piquard non vide la salsiera dove avrebbe dovuto essere e fece due più due.

«Ehi voi» disse a voce alta posando il vassoio su un tavolo. «Dico, voi! Dove credete di andare?»

Pepé, che aveva la coscienza sporca, non rimase lì a meditare sul da farsi.

Anziché rispondere alla domanda (retorica) della padrona dell'hotel Ravoux, abbandonò ogni parvenza di calma e disinvoltura e infilò precipitosamente l'uscita.

«Al ladro!» gridò madame Piquard, lanciandosi coraggiosamente all'inseguimento dello sfortunato Pepé.

Così, Mattia, Mara e compagni, seduti ai pochi tavolini all'aperto dell'Hotel Ravoux, poterono assistere a un curioso avvenimento: un uomo di bassa statura, rotondo come un palloncino, che usciva di corsa proprio dalla porta a vetri dell'Hotel e si fiondava in mezzo ai tavoli cercando di evitare sedie e avventori con buffi saltelli a destra e a sinistra. Riconobbero il turista che aveva acquistato l'ingresso insieme al professore. Non aveva propriamente l'aria di un atleta e la scena si presentava piuttosto comica. Senonché subito dopo si vide uscire, anche lei di corsa, la proprietaria dell'Albergo, lanciata all'inseguimento dell'ometto. Strillava:

«Al ladro! al ladro!»

E sventolava minacciosamente una forchetta che aveva raccolto al volo da una delle tavole apparecchiate.

L'uomo si lanciò nella strada e, manco a dirlo, proprio in quel momento dall'angolo spuntarono due «flic» in bicicletta. Come negare che la sfortuna perseguitasse il nostro Pepé?

Alla vista dei poliziotti, il presunto ladro fece un rapido dietro front, ma si trovò intrappolato fra madame Piquard e i due agenti. Preso dal panico tentò di scartare a sinistra ma finì dritto contro Mattia, che si era alzato in piedi a seguire la scena.

Finirono entrambi a terra, fra le sedie e i tavolini.

L'uomo grassottello fu il primo a rialzarsi, con un'agilità del tutto inaspettata.

Mentre si sollevava da terra, stringeva in una mano il cartellino d'identificazione che Mattia teneva appeso al collo. Lo tirava verso di sé, come se avesse voluto aiutare Mattia ad alzarsi, tirandolo per la cordicella.

Poi mollò di colpo il tesserino e cercò ancora di squagliarsela, ma finì in braccio alle guardie, che nel frattempo erano scese dalle biciclette. Nello scontro uno dei due poliziotti perse il cappello.

L'altro gendarme lasciò cadere la bici a terra, afferrò il fuggitivo per un braccio e lo tenne così stretto che il povero Pepé non osò più muovere un muscolo.

«Qu'est-ce qu'il arrive?» domandò il professor Ponzi, avvicinandosi al gendarme che tratteneva Pepé per il gomito.

«Rien rien. C'est seulement un petit voleur, ne vous en faites pas, il n'y a aucun danger» disse il gendarme raddrizzando la bicicletta senza allentare la presa.

«C'è bisogno che traduca? Prometto che non dirò niente alla professoressa Cortina» disse il professore Ponzi rivolto ai ragazzi.

«Sì, sì, prof, ci spieghi» disse Mattia, che intanto si era rialzato e si spazzolava il sedere con grandi manate.

«Ho chiesto al poliziotto che cosa succedeva, e lui mi ha detto che non è niente di importante, solo un ladruncolo, e che non c'è nessun pericolo»

Intanto l'altro poliziotto, quello che aveva perso il cappello, si rivolse severamente alla signora Piquard:

«Et vous madame, enlevez cette fourchette s'il vous plait... ou cela finira que quelq'un va se faire mal!»

«Professore, questa l'ho capita!» esclamò Mara tutta eccitata. «Il poliziotto ha detto alla signora del ristorante di posare la forchetta!»

«Proprio così, brava: ha anche detto che qualcuno potrebbe farsi male... credo che volesse scherzare».

Il professore aveva un'aria perplessa: c'era qualcosa di familiare in quell'individuo, dove l'aveva già incontrato?

«Prof, quel tipo io l'ho già visto... era al museo ieri! Non è strano?» esclamò Mattia.

Ma certo! Quello del pestone, ricordò il professor Ponzi.

«Però è parecchio strano, prof» ribadì Traversa.

Infatti era strano, ma Ponzi decise di non dar peso alla faccenda: non voleva rischiare che, di tutta la gita a Auvers, i suoi allievi ricordassero alla fine solo quel piccolo, banale incidente.

«È soltanto una coincidenza» rispose. «O magari uno che gli assomiglia... non credo sia una cosa importante».

Intanto uscì dal ristorante anche monsieur Piquard, che aveva recuperato il vassoio con i panini e, da buon albergatore, si preoccupava più di servire i clienti che delle disavventure di sua moglie. Mentre veniva accompagnato al posto di polizia, lo sfortunato Pérignon si ripeteva mentalmente il nome e l'indirizzo scritti sul cartellino di Mattia, per essere sicuro di non dimenticarli.

Il signor Pérignon fu rilasciato con mille scuse quello stesso pomeriggio. Gli fecero un po' di storie per quel temperino svizzero, ma a ben guardare era un coltellino dall'aria così innocua che era impossibile classificarlo come "arma impropria", visto che la lama più lunga era... l'apribottiglie.

«Ma perché è scappato a quel modo?» gli domandarono i gendarmi.

«Quella donna mi ha terrorizzato... mi inseguiva con una forchetta, capite? Ho temuto per la mia vita, pensavo che mi avrebbe inforchettato...» e nel rispondere Pepé indicava la signora Piquard, con un misto di timore e ammirazione.

«Veramente la forchetta l'ho presa dopo lui ha incominciato a scappare» si giustificò lei.

«Ah, ma essere scambiato per un ladro... è la prima volta che mi succede... io ho perso completamente la testa» fece Pepé col tono dell'onore offeso.

«Però non doveva salire tutto solo nella stanza di Van Gogh... c'è anche il cartello che lo dice: si sale soltanto accompagnati» sottolineò la signora Piquard.

«Volevo meditare sul grande artista... vedete... io sono un ammiratore, come dire, estremo. Sì, *estremo* è la parola giusta. Volevo sentire la presenza di Van Gogh nell'aria, nei muri, nel... pavimento».

Appena pronunciata la parola *pavimento* Pepé si sarebbe morso la lingua e preso a schiaffi.

"Stupido!" pensò. "Proprio sul pavimento dovevi attirare l'attenzione?"

Ma per sua fortuna (incredibile! una piccola circostanza fortunata) nessuno dei presenti fece caso a quello che diceva: lo giudicarono un innocuo fanatico, un mezzo idiota troppo preso dall'atmosfera dell'hotel Ravoux per comportarsi in modo sensato. Solo dopo che Pérignon aveva lasciato Auvers per tornarsene a Parigi, madame Piquard salì a controllare la stanza-museo e vide la doga a destra della porta leggermente sollevata.

Il suo pensiero fu:

"Che bisogno c'era di sollevare l'asse del pavimento al piano di sopra per rubare una saliera al piano di sotto?"

Poi si ricordò che la saliera non era stata rubata, ma semplicemente lucidata da suo marito.

Allora corresse il pensiero:

"Che bisogno c'era di sollevare un asse del pavimento in una stanza che non contiene nulla, se non una vecchia sedia di nessun valore?"

E il nostro Pepé non le sembrò più così tanto innocente.

A Auvers sur Oise, Vincent alloggia nell'hotel Ravoux, che è molto economico. Occupa una piccola stanza nel sottotetto, che ora è stata trasformata in una specie di museo.

LA CHIESA DI AUVERS (1890)

Van Gogh esce ogni giorno a dipingere "en plein air", nella campagna circostante. Affascinato dall'atmosfera e dalla luce di quei luoghi seppe darne un'interpretazione unica e irripetibile.

STRADE DI AUVERS-SUR-OISE (1890)

13

SARA' UNO SCHERZO?

Quando furono nuovamente sul treno della RER, di ritorno a Parigi, Mattia infilò una mano nella tasca della felpa e trovò quel foglio di carta spesso e più volte ripiegato, di cui non sapeva spiegarsi la provenienza.

Senza farsi troppo notare (specialmente dai due compari Traversa e Sarti) gli diede un'occhiata veloce. Che fosse un biglietto scritto da Elisa? Un romantico messaggio amoroso sarebbe stato nel suo stile... ma non pareva proprio. Poi, siccome era difficile passare inosservato in quel gruppo così ristretto, rimise il foglio in tasca e si ripropose di esaminarlo più tardi.

«Allora» fece intanto il professore, mettendosi in piedi in mezzo ai ragazzi (ma metaforicamente in cattedra), «facciamo una specie di gioco: siete in nove e ognuno di voi mi dirà la cosa che l'ha più colpito in questa gita, e dovranno essere possibilmente nove cose diverse».

Subito Traversa alzò la mano per fare la sua battuta:

«Ferro lo sappiamo da cosa è stato colpito, è stato colpito dal ciccione davanti al ristorante!»

Tutti risero, compreso il professore: per una volta Franco aveva fatto uno scherzo azzeccato!

«Va bene, va bene...» fece l'insegnante, «ma ora parliamo seriamente, comincia pure tu Traversa».

«Il cimitero prof! Uno così famoso ha una tomba che è meno di quella di mio nonno. Almeno lui sulla tomba c'ha la fotografia!».

Poi fu la volta di Mara:

«La stanza dell'hotel».

«Non vale!» protestò Elisa. «La stanza dell'hotel volevo dirlo io».

«Allora io dico l'hotel tutto intero» si corresse Mara.

«Per me, il giardino della casa di Gachet» disse Mattia. «Sembrava una specie di collezione di piante».

Michele Sarti dichiarò di essere rimasto colpito dalla pressa per le incisioni del dottor Gachet.

Ilario invece ricordò l'incontro con l'ex maestro elementare al cimitero.

«Mi hanno impressionato soprattutto i suoi pantaloni!»

Loris e Alex ci dovettero pensare un po' sopra, poi si decisero: il primo ricordò la scala con i nomi dei pittori e il secondo stupì tutti parlando del paesaggio, della campagna intorno:

«Sembrava proprio di vedere uno dei quadri di Van Gogh, insomma, si capiva che il paesaggio l'aveva ispirato».

Per ultima, Sonia disse:

«Mi ha colpito che ci fosse solo quella piccola finestra nella stanza. Mi è sembrata una cosa piuttosto strana per un pittore».

«Hai ragione Sonia» commentò il professore. «Ma tieni presente che i pittori come Van Gogh lavoravano all'aperto: en plein air dicevano i francesi... comunque quella stanza ci fa capire che Van Gogh non navigava certo nell'oro!»

Arrivati all'ostello, i nove della Missione Van Gogh si riunirono al resto della classe. Tutti avevano qualcosa da raccontare, però mancava poco all'ora di cena, così le chiacchiere furono rimandate a più tardi.

E fu così che Mattia, nella stanza che divideva con Alex, Ilario e Loris, poté riprendere il misterioso foglio che si era trovato in tasca e osservarlo con calma, in attesa di essere chiamato per la cena.

Cercò di tradurre la scritta che aveva scoperto su una facciata del foglio.

«J'ai travaillé à un vol de corbeaux comme si j'avais peint mes pensées. Je t'écris du bistro où je viens justement de déjeuner. Je retournerai au champ pour chercher les corbeaux. Le jeune homme portera une arme pour les effrayer. Les corbeaux voleront et je verrai mes pensées. Vincent»

Vol de corbeaux era facile da capire, perché con la professoressa Cortina avevano tradotto la fiaba di La Fontaine che parlava della volpe e del corvo: le renard e le corbeau. Quindi si trattava di un volo di corvi.

Poi si parlava di pensieri, pensieri dipinti... e c'era quella parola: arme. Sicuramente un'arma, come in italiano. Per tradurre effrayer aprì il traduttore automatico dello smartphone: spaventare.

Dunque si trattava di spaventare i corvi. Più o meno. Con un'arma... Portata da un jeune homme. Un giovane uomo? E poi la firma, Vincent, come Van Gogh.

Qualcuno cercava di farlo passare per scemo...! Vincent!

Figuriamoci, e perché mai gli sarebbe dovuta piovere in tasca una lettera di Van Gogh? Per quale specie di miracolo?

Se era stata Mara a escogitare questo scherzo, e Mattia non riusciva a pensare a nessun altro, non si sarebbe fatto prendere per il naso. La sua cara sorellina poteva starne certa!

Quando finalmente venne ora di cena, Mattia fece in modo di sistemarsi allo stesso tavolo di Mara.

«Aspettami in corridoio, ti devo parlare, da sola...» le bisbigliò mentre posavano i loro vassoi del self service.

Fuori dalla sala da pranzo e lontano da orecchie indiscrete, Mattia con un mezzo sorrisetto ironico bisbigliò alla sorella:

«Allora, il grande mistero della gita... lo dico io a te o lo dici tu a me? Tiriamo una monetina per vedere chi parla per primo?»

Mara, pensò subito alla conversazione tra il professor Ponzi e la professoressa Cortina, che aveva involontariamente ascoltato la sera prima.

«Vuoi dire... di quella storia di Traversa?»

«Traversa? Ma guarda, non me lo sarei mai immaginato che c'entrasse Traversa».

«Be', veramente lui non c'entra... il professor Ponzi ha fatto tutto di nascosto».

«Il professor Ponzi? Ma dài, non ci credo nemmeno per un momento!»

«Eppure l'ho sentito io che lo diceva alla Cortina, cioè, veramente era la Cortina che lo diceva a lui, e si lamentava anche un poco: ma credo che poi alla fine fosse d'accordo».

«Cioè, adesso mi stai dicendo che Ponzi e la Cortina si sono messi d'accordo, per farmi uno scherzo e mettermi in tasca quella finta lettera? Ma dai, e io ci dovrei credere?»

«Quale lettera? Ma di che cosa stai parlando?»

«Non fare la furba, adesso mi vieni a dire che non sai niente di questa?»

E Mattia mostrò il foglio, che aveva ripiegato come quando se l'era trovato in tasca.

«E che cosa sarebbe?» domandò Mara

Mattia rimase perplesso.

Sua sorella aveva un'aria così stupita che cominciò a dubitare che c'entrasse qualcosa con quello scherzo. Sempre che fosse uno scherzo.

Non volle però rischiare più del necessario.

«Vuoi dire che tu e la tua grande amica non mi avete messo in tasca questo foglio, quando eravamo a Auvers?»

«Guarda che non so niente di questa cosa! Perché avremmo dovuto metterti in tasca un foglio? Se devo dirti qualcosa faccio prima a parlarti, o a mandarti un sms».

Che era esattamente ciò che Mattia aveva pensato trovandosi quel foglio in tasca.

«Sì ma questo... insomma, secondo me c'è qualcuno che sta cercando di farmi fare la figura dello stupido e di farmi credere che mi sono trovato misteriosamente in tasca una lettera di Van Gogh. Ma è uno scherzo talmente scemo che nemmeno un bambino delle elementari ci cascherebbe... E tantomeno posso credere che c'entrino Ponzi e la Cortina!»

«Ma certo, io non parlavo mica di quel foglio!»

«Ah, e di che cosa parlavi allora?»

«Oh be' accidenti, non volevo dirtelo, perché è una cosa che secondo me non deve sapere proprio nessuno... e adesso come faccio?»

«Puoi sempre non dirmela, però lo sai che so mantenere un segreto».

«Allora giura che te lo dimentichi appena ho finito di dirlo».

«Giuro».

«Ho sentito la Cortina che parlava con Ponzi ed è venuto fuori che lui, il prof, ha praticamente pagato la quota di Traversa... sì, insomma, lui poteva non pagare la trasferta e invece ha pagato lo stesso per far venire Traversa. Ma non è incredibile?»

«È... be', io non l'avrei mai immaginata una cosa così... e perché l'ha fatto?»

«Secondo te?»

«Perché Traversa non aveva i soldi per pagare la quota»

«Bravo intelligentone... ma Traversa non lo sa che ha pagato il prof. Quindi, silenzio!»

«Era questa la cosa che credevi che ti volessi chiedere?»

«Eh già... »

«Allora del foglio che mi sono trovato in tasca non ne sai proprio niente?»

«Ma certo che non ne so niente! Lo posso almeno vedere, questo misterioso foglio?»

«Sì, ma guarda che è una cosa strana... senti, adesso te lo passo, però tu non mostrarlo a nessuno perché se è uno scherzo non voglio cascarci, già rischio con te».

«Uffa, ma se ti dico che non ne so niente».

«Va bene, va bene, però guardalo quando sei sola, magari portatelo in bagno, Poi domani mattina mi dici che cosa ne pensi»

Mara fece come le aveva suggerito Mattia e, poco dopo, si chiuse in bagno con il foglio e lesse.

«J'ai travaillé à un vol de corbeaux comme si j'avais peint mes pensées. Je t'écris du bistro où je viens justement de déjeuner. Je retournerai au champ pour chercher les corbeaux. Le jeune homme portera une arme pour les effrayer. Les corbeaux voleront et je verrai mes pensées. Vincent»

«Vincent?» si disse Mara. «Vincent come... Van Gogh? Mattia mi sta facendo uno scherzo davvero stupido, non penserà che io creda che questa è una lettera di Van Gogh. Mio fratello deve essersi bevuto il cervello!»

Tornata nella sala del self service, Mara restituì a Mattia il foglio ripiegato, senza una parola e senza farsi notare.

CAMPO DI GRANO CON CORVI (1890)

Nel pomeriggio del 27 luglio 1890, Vincent Van Gogh rientra sofferente all'hotel Ravoux. Non vedendolo comparire il padrone dell'albergo lo cerca nella sua stanza. Vincent confessa di essersi sparato un colpo di rivoltella. Viene chiamato il dottor Gachet, che lo medica come può. Accorre anche il fratello Theo, ma la notte del 29 luglio, Vincent Van Gogh muore.

LA TOMBA DI VINCENT VICINISSIMA A QUELLA DEL FRATELLO THEO, AD AUVERS-SUR-OISE, PAESE A 30 KM DA PARIGI? TI PIACEREBBE VEDERLA?

14

PARIGI 14.41
TORINO 20.18

La mattina del venerdì fu dedicata prima di tutto al recupero di tutte le cose da mettere in valigia, con grande affanno e agitazione di Alex Cerrati, il quale passava di stanza in stanza alla ricerca di qualche pezzo introvabile del suo bagaglio.

Quando tutti furono pronti per la partenza, lasciarono le borse alla reception dell'ostello e si concessero ancora una passeggiata in centro, dove visitarono le Galeries Lafayette, lo storico primo Grande Magazzino di moda parigino.

Presto però venne il momento di raggiungere la gare de Lyon: con il a bordo del TGV delle 14.41 la classe terza F avrebbe fatto finalmente ritorno a Torino.

Poco prima di salire sul treno, Mara e Mattia riuscirono a scambiarsi qualche frase senza farsi sentire dagli altri.

«Quella lettera, secondo me, non può essere di Van Gogh, è ovvio!» bisbigliò Mara. «Come potrebbe essere finita nella tua tasca? Ce l'ha messa il fantasma di Van Gogh? E poi è scritta in francese e lui era olandese, no? Quindi la lettera dovrebbe essere scritta in olandese, che mi pare che sia una specie di tedesco e non somiglia per niente al francese».

Però Mattia non sembrava convinto.

«Non dico che sia davvero una lettera di Van Gogh... Ma tu pensavi anche che la Gioconda di Leonardo si potesse arrotolare...»

«Ancora con questa storia! Mi sono sbagliata, va bene! Ma questa lettera secondo me è proprio uno scherzo».

«Sì, va bene, ma chi mi farebbe uno scherzo in francese?»

«E che ne so?»

«E poi non sarei così sicuro che Van Gogh non scrivesse anche in francese, in fondo viveva in Francia, no?»

«Sì, ma non scriveva sempre al fratello? E il fratello non era olandese come lui?»

«Mmm... io continuo a non essere convinto».

«In ogni caso rimane il fatto che non si spiega perché fosse proprio nella tua tasca».

Mattia non poté far altro che restare zitto, perché a quell'obiezione non sapeva immaginare nessuna risposta.

Più tardi, sul treno, con l'aria più rilassata del mondo e il tono più distaccato possibile, Mattia si avvicinò al professor Ponzi.

«Ma... prof... riguardo a tutti quei quadri di Van Gogh che ci ha fatto vedere...»

«Si? Dimmi Ferro, sono a tua disposizione» fece il professore, con un tono a metà tra lo stupore e il divertimento.

«Ecco, ma lui, mi pare di aver visto che firmava sempre soltanto Vincent, cioè, non metteva mai il cognome. Ma proprio non lo scriveva mai? Nemmeno nelle lettere?»

«Per quel che riguarda le lettere è naturale: sono quasi tutte indirizzate al fratello, o a qualche amico, magari alla sorella... insomma, se tu dovessi scrivere a tua sorella firmeresti Mattia, non certo Ferro e nemmeno Mattia Ferro. La faccenda dei quadri è un poco più misteriosa, qualcuno dice che non gli piaceva l'olandese, soprattutto non gli piaceva l'olandese pronunciato malamente. Insomma, non voleva sentire storpiato il suo nome e preferiva firmarsi semplicemente Vincent. Non so se è vero. Però è vero che il nome Van Gogh noi lo pronunciamo di solito nel modo sbagliato: a dirlo giusto suonerebbe un po' come FanGoo, che a noi italiani sembra tutta un'altra cosa...»

«E queste lettere le scriveva tutte in olandese?»

Il professor Ponzi era sempre più stupito:

«Però, non pensavo che la storia di Van Gogh ti appassionasse tanto, Ferro».

«Be' sì, mi sembra davvero interessante».

«Allora vediamo: molte lettere erano sicuramente scritte in olandese, specie quelle indirizzate in Olanda, che mi sembra una cosa logica no? Però credo che la maggior parte le abbia scritte in francese. Scriveva anche in inglese, se era necessario. Se qualcuno di voi vorrà fare una tesina su Van Gogh per l'esame, scoprirà che ha vissuto in Olanda e in Belgio e a Londra e a Parigi oltre che nel sud della Francia: una vita piuttosto movimentata!»

«E l'ultima lettera? Quella che gli hanno trovato in tasca quando si è ferito... era in francese?»

«Diamine! Non me lo sono mai chiesto. Vedi» il professor Ponzi prese il piccolo libro delle lettere di Van Gogh che teneva in tasca, «qui le lettere sono tutte tradotte, e non c'è scritto se sono state tradotte dal francese o dall'olandese... Mi fai una domanda alla quale non so rispondere. Però potresti fare una ricerca, da qualche parte gli originali delle lettere si devono trovare. Per quel che ne so, tutte le lettere di Van Gogh sono conservate ad Amsterdam, al museo Van Gogh, appunto».

Ci vollero quasi quattro ore di viaggio perché finalmente Mattia collegasse la lettera trovata nella tasca della felpa con l'incidente davanti all'hotel Ravoux.

Un'ora prima dell'arrivo a Torino, Alex Cerrati, tornando dal bagno, andò a sbattere in corridoio contro Sonia Bechis, che si era alzata per prendere qualcosa dalla cappelliera. Sonia cadde seduta per terra. Alex s'inciampò nelle sue gambe e finì in braccio a Ilario, che se ne stava in piedi, in mezzo al corridoio, a raccontare una barzelletta con un Italiano, un Francese e un Tedesco.

Tutti quelli che erano lì intorno risero come matti, ma non certo per la barzelletta.

E mentre rideva anche lui per la caduta di Sonia e Alex, a Mattia tornò in mente, nitida, la scena dello scontro con quel buffo tipo che usciva di corsa dall'albergo Ravoux. Lo stesso buffo tipo che al museo si era incantato davanti al ritratto di Van Gogh: due incontri ravvicinati erano troppi! Cercò di localizzare Mara nello scompartimento e la vide che chiacchierava allegramente con Elisa e Sonia qualche sedile più in là.

Mattia scavalcò letteralmente il groviglio di gambe e braccia rappresentato da Alex e Ilario, e raggiunse sua sorella.

«Hai visto cosa ha combinato quell'imbranato di Alex?»

Sperava che Mara capisse che le voleva parlare a quattr'occhi, però lei era così presa dalle chiacchiere e dalle foto che scorrevano sullo smartphone di Elisa, che fece spallucce, senza dare importanza alle parole di Mattia.

«Guarda, guarda, questo è quel matto del cimitero, quello con i pantaloni strani!» esclamò Elisa in quel momento.

«Vedere! Vedere!» strillarono le altre due. «Ma quando l'hai fotografato? Non ce ne siamo accorte...»

«Ho fatto un sacco di foto senza farmi notare... sono bravissima a fotografare di nascosto!»

«Hai fatto qualche foto anche all'hotel Ravoux?» domandò Mattia.

«Be', la stanza non l'ho fotografata perché era vietato, però ho fatto la foto di quando quel tipo ti è finito addosso e siete caduti... guarda, ne ho fatte tre o quattro».

Elisa fece scorrere una serie di fotografie sul display finché arrivò quella che cercava: si vedeva Mattia in mezzo ai tavolini del ristorante Ravoux, seduto a terra, e si vedeva Pepé che si stava rialzando e nello stesso tempo tratteneva il cartellino di Mattia.

«Sì!» fece Mattia. «Fantastico! Brava Elisa! Vediamo le altre».

Un po' stupita per tanto entusiasmo Elisa continuò a far scorrere le immagini.

Nella altre tre fotografie si vedeva il gendarme che teneva Pepé per il gomito, poi la signora Piquard con la forchetta in mano, e infine monsieur Piquard con il vassoio colmo di baguettes.

Lì però il Pérignon già non c'era più.

«Dai, fammi ancora vedere la faccia di quello che mi è venuto addosso, il ladro...» disse Mattia.

«Certo che era un tipo strano!» fece Elisa tornando a selezionare la foto con Pepé e il gendarme.

«Ingrandisci un po'...» disse ancora Mattia. «Ah, ecco, si vede benissimo... inviami questa foto, voglio tenerla per ricordo».

Mara aveva già capito che tutto l'interesse di Mattia per quelle fotografie doveva avere una ragione precisa, e uno sguardo molto significativo del fratello glielo confermò. Quello sguardo diceva: il tizio della foto ha a che fare con la nostra lettera misteriosa.

Arrivarono puntualissimi a Torino alle venti e diciotto.

Il marciapiede di porta Susa era affollato. Tutti avevano qualcuno che li aspettava: i genitori, un nonno, uno zio, un fratello maggiore. Solo Traversa non aveva nessuno, ma ancora una volta ci aveva pensato Ponzi. Il professore infatti andò a recuperare la vespa dove l'aveva parcheggiata alla partenza, mentre la professoressa Cortina cercava di mettere un po' di ordine nella *consegna* degli altri ragazzi dei singoli allievi e raccomandava a tutti di essere presenti il lunedì successivo:

«È molto importante che ci siate tutti, perché con il professor Ponzi faremo una specie di ripasso del nostro viaggio. Prima lo si fa, più cose si ricordano. E tenete presente che molto di quello che avete visto potrebbe servirvi per la tesina dell'esame...»

«Ma professoressa, siamo stanchissimi» obiettava qualcuno per fare lo spiritoso.

«Avete fatto una gita, non avete mica scalato la tour Eiffel a piedi. Una bella dormita e sarete come nuovi!»

Quando Ponzi si ripresentò sulla vespa davanti all'ingresso della stazione, aveva con sé due caschi.

«Forza Traversa, sali che ti porto a casa».

Suscitando una certa invidia nel resto della classe, Franco indossò il casco e si sistemò sul sellino posteriore.

Poi finalmente tutti a casa.

Mara e Mattia parlarono molto a cena di tutto quello che avevano visto a Parigi, ma come per un tacito accordo, non raccontarono nulla della lettera e del misterioso personaggio che avevano incontrato ad Auvers.

Quella sera però, nella loro camera, ne discussero ancora.

«E' stato quando mi è finito addosso e siamo caduti tutti e due. Deve essere in quel momento che mi ha infilato la lettera in tasca, ne sono sicuro».

«Per non farsela trovare addosso dalle guardie!»

«Certo, probabilmente perché l'aveva rubata, presa in qualche posto nell'albergo».

«Potrebbe averla presa, quando è salito da solo nella stanza di Van Gogh!»

Mattia pescò il foglio dal suo borsone e lo esaminarono ancora una volta.

«Sembra abbastanza antico» disse Mara. «Se è davvero una lettera di Van Gogh deve avere... be', più di cent'anni».

«Centoventicinque...» precisò Mattia.

«Facciamo una traduzione, dai».

Trascrissero sul computer il testo della lettera e con l'aiuto del traduttore automatico ottennero una versione italiana:

Ho lavorato a un volo di corvi come se avessi dipinto i miei pensieri. Ti scrivo dalla trattoria dove ho terminato ora di pranzare. Tornerò nel campo a cercare i corvi. Il ragazzo porterà un'arma per spaventarli. I corvi voleranno e io vedrò i miei pensieri. Vincent

«Io non ci capisco niente» disse Mara. «Che senso ha rubare un pezzo di carta con su scritta una cosa così? Fosse un disegno, un acquerello... ma qui non c'è niente».

«Stai scherzando? Una lettera di Van Gogh deve valere moltissimo» ribatté Mattia. «Ci sono sicuramente collezionisti disposti a pagare grosse cifre per un pezzo di carta così»

«Solo se fosse autentica! Non sappiamo se è davvero una lettera di Van Gogh».

«Potremmo confrontarla con le altre lettere».

«Giusto! Specialmente con l'ultima...»

«E poi, c'è un'altra cosa che un poco mi preoccupa...» disse Mattia. «Quel tizio... il ladro, credo che abbia letto il mio cartellino... sai, il badge... forse sa come mi chiamo e... dove abito».

«Non sembrava un tipo pericoloso...» fece Mara.

Mattia sbadigliò:

«Comunque prima ci capiamo qualcosa meglio è» concluse Mattia, con un largo sbadiglio.

«Ma per ora non parliamone con nessuno» concluse Mara. E sbadigliò anche lei.

Erano davvero stanchi. Spensero il computer, spensero la luce. Si addormentarono in pochi secondi, nonostante le emozioni della giornata e il mistero della lettera.

15

UN SABATO MATTINA IN BIBLIOTECA

Era chiaro che se, per il momento, volevano fare tutto da soli, bisognava raccogliere informazioni senza averne l'aria.

Intanto per prima cosa sarebbe stato importante poter confrontare l'ultima vera lettera di Van Gogh con il foglio in loro possesso.

Qualcosa si poteva cercare su internet, ma in biblioteca avrebbero potuto trovare un aiuto senza dover dare troppe spiegazioni.

In biblioteca dovevano avere parecchio materiale su Van Gogh e sicuramente avrebbero trovato anche una raccolta delle sue lettere.

E poi era un ambiente rassicurante, nel quale i due gemelli si muovevano con molta disinvoltura.

La biblioteca di quartiere non era lontana da casa. Mara e Mattia avevano preso l'abitudine di frequentarla fin da quando facevano le elementari.

La bibliotecaria li conosceva bene, ma difficilmente nella sezione ragazzi avrebbero trovato quello che cercavano.

I gemelli però non pensarono nemmeno per un momento di rivolgersi a qualcun altro.

In quel mare di libri la signora Gabriella era come un faro che ti orientava, e faceva sempre in maniera che si arrivasse a un approdo sicuro.

La biblioteca era piuttosto grande. Al pianterreno c'era la sezione dedicata ai giornali, riviste e quotidiani, frequentata soprattutto da persone anziane. Al primo piano si aprivano due grandi sale: la sezione adulti e la sezione ragazzi. Nella sezione ragazzi la signora Gabriella presidiava la zona prestiti: una grande tavolo semicircolare dietro al quale la bibliotecaria si spostava da una estremità all'altra.

«Oh, ecco i miei gemelli preferiti» esclamò la signora Gabriella quando li vide entrare attraverso la porta a vetri «Com'è andata la gita a Parigi? Vi siete divertiti?»

«È stato bellissimo!» fece Mara con entusiasmo.

«Fantastico» aggiunse Mattia.

«Solo che adesso ci tocca fare una ricerca...» disse Mara.

«Già, c'è sempre un prezzo da pagare eh?» commentò la bibliotecaria. «Ditemi che cosa vi serve».

«Avremmo bisogno di vedere le lettere di Van Gogh» spiegò Mattia.

«E qualcosa che parli della sua morte, insomma, il colpo di pistola eccetera...» disse Marta.

La signora Gabriella già muoveva freneticamente le dita sulla tastiera del suo computer.

«Abbiamo diverse raccolte delle lettere di Van Gogh, nella sezione arte... e poi parecchie biografie... e naturalmente libri d'arte con le riproduzioni. C'è anche una vita di Van Gogh a fumetti nella sezione Graphic Novel».

«Pensavamo a qualcosa di più veloce» disse Mattia. «Qualcosa che si possa trovare su internet».

«A noi servirebbe vedere qualche originale delle lettere, magari anche solo l'ultima...» spiegò Mara.

«Va bene, ho capito... venite con me» disse risolutamente la signora Gabriella.

Abbandonò la trincea e li accompagnò nella saletta dei computer.

C'erano cinque postazioni e una sola era occupata: uno studente con una vistosa acconciatura dreads, concentratissimo sul monitor, che non fece caso a loro.

Gabriella accese un computer:

«Il sito della fondazione Van Gogh di Amsterdam forse è quello che ci vuole per voi» disse.

Trovò il link e l'aprì. Fece una rapida ricerca all'interno del sito e poi:

«Ecco, i signori sono serviti!» disse con aria soddisfatta. «Qui ci sono tutte le lettere, riprodotte una per una, ora vi lascio lavorare da soli. Devo tornare al bancone, tornerò appena posso per cercare il resto».

Mattia prese il mouse incominciò a far scorrere le lettere. Le pagine si presentavano sullo schermo in ordine cronologico, molte contenevano anche disegni, progetti di dipinti, paesaggi.

Osservarono la firma che compariva in tutte le lettere, per confrontarla con la loro: Vincent.

Firma perfetta. Forse *troppo* perfetta? Non erano in grado di dirlo.

Ed eccola, l'ultima lettera di Vincent: Auvers sur l'Oise, 27 luglio 1890... senza firma, incompiuta. Scritta in francese.

«Sembra proprio uguale...» bisbigliò Mara.

«Sì, stessa calligrafia, e poi vedi? Francese... te lo dicevo io!» sussurrò di rimando Mattia.

Mara non poté ribattere perché in quel momento tornò la bibliotecaria.

«Bene, allora avete trovato qualcosa di utile?»

«Se fosse possibile fare una stampata di un paio di lettere...» disse Mattia. «Potremmo inserirle nella nostra ricerca»

«Certo, ne bastano un paio?»

«Sì, due bastano: l'ultima, quella non finita, e poi un'altra con un disegno e la firma» confermò Mara.

«E poi» disse ancora Mattia «ci servirebbe qualche notizia sulla morte...»

Selezionarono le lettere e le mandarono in stampa.

Intanto la signora Gabriella aveva già trovato un altro sito:

«Vedete un po' se questo vi può servire. Se va bene potete stamparlo... io torno di là, ci vediamo dopo».

I gemelli lessero l'articolo sul monitor:

«La sera del 27 luglio 1890, una domenica, dopo essere uscito per dipingere i suoi quadri come al solito, rientrò sofferente nella locanda e si rifugiò subito nella sua camera: Ravoux, non vedendolo scendere per la cena, salì in camera sua e lo trovò disteso sul letto: Van Gogh gli confessò di essersi sparato un colpo di rivoltella al petto.

Fu chiamato il dottor Gachet, che si limitò ad applicare una fasciatura. Rifiutò di dare spiegazioni del suo gesto ai gendarmi e, con il fratello Théo che era accorso la mattina dopo, trascorse tutto il giorno, fumando la pipa e chiacchierando seduto sul letto. Poi perse conoscenza e morì quella notte stessa.

In una tasca della giacca venne trovata una lettera non

spedita a Théo, dove aveva scritto, tra l'altro: "Vorrei scriverti molte cose ma ne sento l'inutilità [...] per il mio lavoro io rischio la vita e ho compromesso a metà la mia ragione".

Nel 2011 due storici dell'arte avanzarono l'ipotesi che Van Gogh non sarebbe morto suicida. Secondo i due studiosi l'artista sarebbe stato colpito da un colpo di rivoltella sparato accidentalmente da qualcuno che si divertiva giocando con una pistola. Vincent, consapevole dei guai in cui sarebbe incorso lo sparatore, non avrebbe rivelato a nessuno la circostanza, lasciando credere di essersi sparato da solo. Questa ipotesi però non è stata mai sufficientemente provata».

In fondo al testo comparve la riproduzione del dipinto *Campo di grano con corvi*, uno degli ultimi lavori di Van Gogh: il cielo scuro e minaccioso, i corvi nerissimi che volano bassi e un sentiero che si addentra fra il grano e sembra non portare da nessuna parte...

Lo studente con i dreads intanto si era alzato e, avviandosi all'uscita con le braccia cariche di stampate, libri e quaderni, passava alle loro spalle.

Gettò uno sguardo al monitor.

«Ah, Van Gogh!» esclamò. «E i famosi corvi... dicono che quello è il campo dove si è sparato, ma non è mica vero!»

I gemelli si voltarono incuriositi.

«In realtà» continuò lo studente, «non lo sa nessuno dove si sia sparato... sempre che si sia davvero sparato da solo... Scusate, studio storia dell'arte e quando vedo un dipinto non resisto... buon lavoro!»

E se ne andò con il suo bagaglio di carte.

«Cavolo!» fece Mattia. «Ti ricordi che cosa ha detto quel tipo strano al cimitero? Che Van Gogh non era solo quando si è sparato! Che potrebbe anche non essersi sparato, che potrebbe essere stato qualcun altro»

«E allora questo pezzo di lettera...» iniziò a dire Mara.

«Questo pezzo di lettera» l'interruppe Mattia «dimostrebbe che è andata proprio così, che c'era questo ragazzo, che la pistola ce l'aveva lui, non Van Gogh»

«Ma non dice chi era il ragazzo, non c'è nessun nome, perché nascondere la lettera?» si chiese Mara.

«La domanda è un'altra, chi poteva nascondere la lettera in quella camera? Chi c'era con Van Gogh quel giorno? A parte il padrone dell'albergo...» disse Mattia.

«Gachet! C'era il dottor Gachet!» esclamò sottovoce Mara.

«E il dottor Gachet non aveva un figlio, un ragazzo, che spesso seguiva Van Gogh quando andava a dipingere?» osservò Mattia.

«Pazzesco, vuoi dire che il ragazzo della lettera era il figlio di Gachet?»

«Voglio dire che è una possibilità».

«Ma se il dottor Gachet sapeva che il figlio aveva preso la pistola per spaventare i corvi e che accidentalmente aveva colpito Van Gogh, perché non ha distrutto quella parte della lettera? Perché nasconderla con il rischio che venisse ritrovata? Non ha senso...»

Mattia rimase in silenzio per qualche secondo, poi disse:

«Io lo so perché: perché la lettera era un autografo di Van Gogh e lui sapeva che Van Gogh era un genio, non ha distrutto la lettera perché era un collezionista».

«Un collezionista?»

«Sì, credimi, un collezionista non distrugge mai niente!»

Mara pensò alla raccolta di insetti morti di suo fratello e credette di comprendere ciò che lui intendeva dire.

«Ma dove poteva essere nascosta la lettera, prima che quel tipo la rubasse?»

«Chissà, forse non lo sapremo mai... in qualche buco, in qualche fessura, magari nel pavimento di legno... boh!»

L'IMPORTANZA DELLA FIRMA

Un'opera **firmata** da un artista famoso è un oggetto prezioso che moltiplica il suo valore sul mercato. Tempo fa circolava una storiella su un buontempone che vide da un noto antiquario di Parigi un dipinto firmato e ne domandò il prezzo. «Mille franchi» rispose l'antiquario. «E senza la firma?» domandò lui. «Oh, senza la firma» disse l'antiquario che era a sua volta spiritoso, «può averlo per tre franchi e cinquanta».

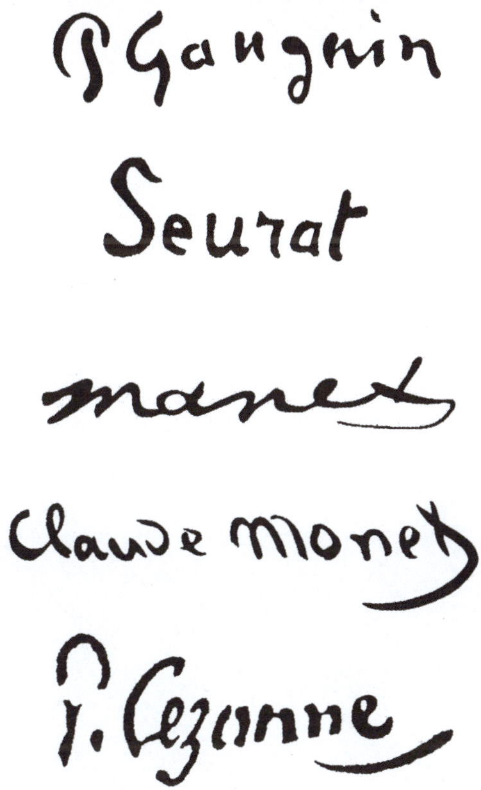

16

PERIGNON FIUTA LA PISTA

Il sabato mattina, fra le bancarelle dei rigattieri di Porta Palazzo, si concentrava la solita folla di compratori e curiosi.

È il mercato dell'usato, che i Torinesi continuano a chiamare «Balon» (che si pronuncia balùn, cioè pallone), dal nome che anticamente indicava la borgata e probabilmente deriva dal gioco del pallone elastico che qui si svolgeva.

Il mercato occupa la via su cui si affaccia la maggior parte delle botteghe di antichità e restauro di Borgo Dora.

Vi si può trovare di tutto, dai libri ai francobolli, dai comodini da notte ai lampadari, dalle pentole di rame alle monete antiche.

In mezzo a quella confusione, Pérignon cercava un indirizzo, per nulla facilitato dal suo italiano zoppicante e approssimativo.

Cercava l'indirizzo di Mattia Ferro, sperando di trovare Mattia Ferro in persona.

Se l'avesse spaventato un poco, pensava Pepé, forse gli sarebbe stato più facile farsi restituire la lettera. Ma come spaventare un ragazzino come quello? Pepé non aveva mai minacciato nessuno in vita sua, la violenza non era in nessun modo nel suo carattere. Non era nemmeno stato capace di sbattere fuori di casa il Rossini che non gli pagava l'affitto, figuriamoci!

Forse, si disse Pepé, sarebbe stato sufficiente fare una faccia feroce, comportarsi da duro, fingersi uno della «mala».

La sera prima, in albergo, Pepé si era esercitato davanti allo specchio nelle espressioni da killer viste al cinema, ma non riusciva ad assomigliare a nessuno degli attori che interpretavano la parte dell'assassino.

Forse gli sarebbe riuscito meglio presentarsi con gentilezza e garbo, e molto educatamente chiedere la restituzione della lettera. In ogni caso la cosa migliore era contattare il ragazzino da solo, ma beccarlo senza che fosse in compagnia di qualcuno sembrava un'impresa impossibile.

Quando, dopo tanto girovagare, trovò la casa, si appostò nella speranza che Mattia uscisse a fare qualche commissione, e finalmente eccolo, ma non era solo. Stava con quella biondina che aveva già visto a Auvers, una sua compagna di scuola, di sicuro. Li seguì tenendosi a prudente distanza finché arrivarono a un edificio su cui spiccava la scritta BIBLIOTECA.

I due entrarono e di nuovo Pepé si rassegnò ad aspettare.

Dovette aspettare a lungo, incominciò a pensare che quei due non sarebbero più usciti. Poi, a un certo punto davanti alla biblioteca arrivò quell'altra compagna spilungona che aveva già visto all'hotel Ravoux.

Dovevano essersi dati appuntamento lì davanti, perché poco dopo Mattia e la biondina uscirono e tutti e tre raggiunsero una gelateria a qualche isolato di distanza.

Li seguì in giro per il quartiere con i loro gelati. Ogni tanto incontravano qualche compagno di classe: tutte facce che gli sembrava di ricordare, per averle intraviste nella confusione dell'hotel Ravoux.

Non ci fu modo di avvicinare Mattia da solo. Fu così che, dopo una mezza giornata di inutili appostamenti, Pepé lasciò perdere il pedinamento un po' scoraggiato e si sedette a un tavolino del bar Bella Dora, a prendere un caffé all'italiana. Era quasi mezzogiorno.

Mentre rimescolava le due bustine di zucchero versate nel suo caffé, ecco entrare nel bar il ragazzino bruno e la ragazzina bionda.

C'era un giornale sul tavolino a fianco, Pepé l'afferrò velocemente e se lo spalancò davanti alla faccia. Si finse preso dalla lettura, come se avesse trovato la notizia più interessante del secolo, e intanto ascoltava con la massima attenzione il dialogo fra la cassiera del bar e i due ragazzi.

«Vostro padre vi aspetta in negozio, oggi c'è parecchia gente e probabilmente non chiuderà per pranzo. Ora vi incarto dei panini e glieli portate».

«E noi?» domandò il maschio.

«Voi potete scegliere: qui con me, con papà, oppure a casa».

«Fai un paio di panini anche per noi, restiamo con papà» disse la biondina senza neanche consultare il suo compagno.

Con il giornale davanti al naso, Pepé cercava di mettere insieme le parole che gli arrivavano: *negozio, padre, casa, pranzo.* Compensando con l'intuito il suo scarso italiano, capì che i due erano fratelli, gemelli con molta probabilità, e che sarebbero andati nel negozio del padre a... a fare che?»

Sbirciò da dietro il giornale: ah ecco! A portare dei sandwich!

Decise di riprendere il pedinamento. Quando Mara e Mattia uscirono dal bar, si alzò, pagò il caffé e si mise alle loro calcagna.

Fu Mattia ad accorgersene.

Per raggiungere La Cornice Dorata, il negozio del padre, Marta e Mattia dovevano percorrere tutta l'affollatissima via pedonale delle botteghe di antiquariato e del mercato dell'usato.

In mezzo a quella confusione non era facile per il Pérignon tenersi a una distanza di sicurezza dai due ragazzi senza perderli.

In realtà Mattia aveva riconosciuto Pepé già mentre uscivano dal bar, quando lui aveva abbassato per un attimo il giornale.

Ora, voltandosi un paio di volte a guardare indietro, si era accorto che il francese li seguiva, e piuttosto maldestramente, per di più.

Per non essere seminato, il povero Pepé andava continuamente a sbattere a destra e a sinistra contro quelli che si muovevano in senso opposto, e allungava il collo e saltellava nel tentativo di non perdere di vista Mara e Mattia.

Il suo pedinamento poteva far pensare a un canguro che cercasse di passare inosservato in mezzo a un gregge di pecore!

«Non ti voltare» disse Mattia a sua sorella. «C'è il francese che ci segue».

«Il francese?» fece lei.

«Sì, il ladro dell'albergo Ravoux... quello che mi ha messo la lettera in tasca!»

«Sei sicuro?»

«Certo, l'ho riconosciuto benissimo... era nel bar di mamma».

«Che cosa facciamo?»

«Niente, la cosa importante è raggiungere papà in negozio e poi... gli raccontiamo tutto e sentiamo cosa ne pensa».

E così poco dopo un affannato Pepé vide entrare i due ragazzi in una bottega che recava l'insegna: La Cornice Dorata.

Non gli ci volle molto a capire che si trattava di un negozio di antiquariato.

Pérignon maledì sé stesso e la propria sfortuna.

"Di tutti i ragazzini di quel gruppo" si disse "proprio al figlio di un antiquario dovevo rifilare la lettera di Van Gogh! Che mi venga un accidente!"

Si mimetizzò fra i curiosi che si fermavano alle bancarelle sul lato opposto della via e meditò sul da farsi.

"Niente di più facile che il moccioso abbia mostrato al padre la lettera..." ragionò fra sé. E concluse che a quel punto c'era una sola mossa possibile: entrare nella bottega, fingersi un cliente, e cercare di capire se la lettera di Van Gogh si trovava lì. Ma era necessario aspettare che non ci fossero i ragazzi, perché lo avrebbero sicuramente riconosciuto.

Mara e Mattia però non si decidevano a uscire, e Pepé si innervosiva.

I gemelli non uscivano perché avevano incominciato a mangiare i panini che aveva portato, insieme al padre.

Fra un morso al panino e l'altro, Mattia iniziò a raccontare.

«C'è fuori un tipo che ci segue... in realtà credo che ci abbia seguito da Parigi...»

«Un tipo che vi segue? E perché dovrebbe seguirvi? E da Parigi addirittura, mi state prendendo in giro?»

«No, no» intervenne Mara. «È lì fuori, se guardi attraverso la vetrina ti faccio vedere...»

Il signor Ferro sbirciò dalla vetrina, tra un grande vaso in porcellana giapponese e un dipinto di soggetto religioso del primo ottocento sontuosamente incorniciato.

«Lo vedi?» disse Mattia. «È lì che fa finta di guardare la bancarella qui davanti».

«Quel tipo rotondetto?»

«Sì, proprio lui».

«Mi sembra innocuo. Perché vi avrebbe seguiti da Parigi?»

«In realtà ha seguito me...» precisò Mattia, poi proseguì, quasi tutto d'un fiato: «Ora ti spiego: quando siamo andati a Auvers, a visitare la stanza dove è morto Van Gogh, quel tipo era lì e deve aver rubato dalla stanza una lettera, che sembra proprio che sia una lettera di Van Gogh, anzi forse l'ultima che ha scritto, solo che la signora dell'albergo si è accorta che lui aveva rubato qualcosa e ha gridato al ladro al ladro, sono arrivate le guardie e l'hanno portato via, ma prima ci siamo scontrati e siamo finiti a terra, lui ha letto il mio nome e tutto il resto sul cartellino e poi sul treno ho trovato in tasca quel foglio e alla fine ho capito che solo quel tipo poteva averla messa nella mia tasca per non farsela trovare addosso dalle guardie e adesso sicuramente è qui per riprendersi la lettera».

Il signor Ferro rimase letteralmente a bocca aperta.

«Ma è una storia fantastica...» poi guardò Mara. «Sicuri che sia tutto vero? No, perché se me l'avessi raccontata tu avrei pensato che te l'eri inventata, ma da Mattia non me lo aspetterei...»

«È tutto vero, papà... abbiamo anche la lettera» disse Mara.

Mattia prese il foglio dallo zainetto e lo porse al signor Ferro, che lo aprì con cautela e lesse:

J'ai travaillé à un vol de corbeaux comme si j'avais peint mes pensées. Je t'écris du bistro où je viens justement de déjeuner. Je retournerai au champ pour chercher les corbeaux. Le jeune homme portera une arme pour les effrayer. Les corbeaux voleront et je verrai mes pensées.

Vincent

«Mmm» fece il padre di Mara e Mattia.

Si sapeva che quando emetteva questi mugugni, il signor Ferro si stava concentrando su qualche problema e su una possibile soluzione.

«Mmm» ripeté, poi aggiunse: «Se le cose stanno come mi avete detto, so chi è la persona più adatta a cui mostrare la lettera... ma se mi fate fare la figura del credulone, badate, poi me la pagate cara!»

«E con il tipo lì fuori, che cosa facciamo?» domandò Mattia.

«Aspettiamo di vedere che mossa farà lui, e poi ci regoleremo... non capisco però perché qualcuno abbia tenuta nascosta una lettera di Van Gogh per tutto questo tempo...»

Allora i gemelli mostrarono al signor Ferro le stampate che avevano fatto in biblioteca.

«Una lettera come quella» disse Mara «potrebbe servire a ricattare qualche erede del dottor Gachet. A nessuno piacerebbe di certo l'idea che un suo bisnonno ha sparato a Van Gogh...»

«Oppure» aggiunse Mattia «potrebbe valere come oggetto da collezionismo».

«Questo è sicuro!» confermò il signor Ferro. «Se fosse autentica, una lettera di Van Gogh avrebbe una quotazione di mercato molto alta... non so nemmeno immaginare quanto... In ogni caso, sia che si tratti di un falso, sia che si tratti di una vera lettera di Van Gogh non possiamo tenercela noi...»

E preso il telefono cellulare dalla tasca della giacca, il signor Ferro chiamò un numero che aveva in rubrica: era quello di un suo vecchio compagno di scuola, al quale sapeva di poter chiedere consiglio.

Poco dopo, fuori dalla bottega, Pérignon vide che al posto del quadro con la vistosa cornice c'era la faccia dell'antiquario che guardava dritto verso di lui.

Capì di essere stato riconosciuto e giunse a una conclusione:

«*Bon!* Alla peggio, a un antiquario si può sempre proporre un accordo, insomma, non tutti i mali vengono per nuocere, forse».

Attraversò la strada ed entrò nella bottega.

Pérignon cercò di darsi un'aria autorevole. Entrò tutto spavaldo, con il mento all'insù, impettito come un galletto.

«*Bonjour monsieur!*» fece con tono vagamente ostile.

«*Bonjour monsieur*» rispose il signor Ferro.

Pepé diede un'occhiata intorno, fissando infine lo sguardo su Mattia.

«Monsieur, questo... garcon... questo ragazzo, ha una cosa che mi appartiene, e io sono qui per averla indietro» disse Pérignon, che già aveva perso molta della sua ostentata sicurezza.

«Sono stato informato, ma forse non è proprio come dite» ribatté il padre di Mattia.

«Ma io sono sicuro che la... cosa... ce l'ha proprio lui!»

«Volete dire che mio figlio vi ha rubato qualcosa?» fece il padre di Mattia. «Spiegatevi meglio!»

«Uff! Il ragazzo lo sa benissimo... una mia lettera è finita nella sua tasca, quando ci siamo incontrati a Auvers sur l'Oise, *n'est-ce pas, mon petit ami*?»

«Non sono vostro amico» disse Mattia a muso duro. «E voi la lettera l'avete rubata...»

«Ah, vous avez volée la lettre!» ribadì il signor Ferro. «E poi le lettere non finiscono nelle tasche se qualcuno non ce le mette!»

Pérignon alzò le spalle, come se ciò non avesse importanza.

«Trovata, non rubata. Ma possiamo pensare a un accordo, vero?»

Fece un gesto circolare.

«Voi avete qui molti oggetti antichi, sicuramente conoscete qualche... *collectionneur*...»

«Collezionista?»

«*Mais oui!* Per vendere la lettera, capite?»

Certo che capiva il signor Ferro. Anzi, a quel punto aveva anche capito perfettamente che cosa doveva fare.

«Ci devo pensare, *monsieur*... fare una telefonata» rispose conciliante.

«... *Pérignon! Comme le champagne*».

«Ah, certamente, comme le champagne... molto bene monsieur Pérignon, passate domattina sul tardi e vi saprò dire qualcosa».

Mara e Mattia rimasero per un attimo perplessi: ma come, papà intendeva accordarsi con quel tipo?

Poi però il signor Ferro indirizzò loro una strizzatina d'occhio molto eloquente.

«E la lettera?» domandò Pepé.

«La lettera rimane qui» fu la risposta secca.

Pepé fece una smorfia di disappunto, ma non aveva scelta. Si guardò intorno, avrebbe forse potuto tentare di riprendersi la lettera con un visita notturna nel negozio, a frugare nella bottega, ma come trovarla in mezzo a tutta quella mercanzia? Poteva essere dovunque! In un cassetto, dietro un quadro, dentro un portagioie... magari in quel grosso vaso nella vetrina.

E poi forse l'antiquario non l'avrebbe lasciata in negozio, e lui non era né un ladro professionista, né uno scassinatore da cercare la lettera in casa dei gemelli.

In realtà la lettera di Van Gogh era a un passo da Pérignon, dentro il vaso giapponese che dalla strada si poteva ammirare nella vetrina.

«Bien!» disse rassegnato. «Mi voglio fidare! Sono sicuro che sarete di parola... *à demain, monsieur»*.

«Certo, come vi ho detto devo solo fare una telefonata, parola d'onore» disse il signor Ferro.

Pérignon uscì da La Cornice Dorata e sparì fra la folla del Balon del sabato pomeriggio.

Sembra che siano **numerosi i falsi** di Van Gogh e scoprirli non è facile: servono accurati controlli dei colori, del tratto, delle pennellate.

QUESTO QUADRO "IL FIENILE PROTESTANTE" HA ALIMENTATO NUMEROSI DUBBI: SI TRATTA DI UN VERO O DI UN FALSO VAN GOGH?

Beltracchi, uno dei più grandi falsari al mondo, è stato scoperto perché ha usato un tubetto di bianco titanio per realizzare un falso del pittore Max Ernst, che al tempo in cui lavorava l'artista non era in commercio.
Beltracchi recuperava tele tessute al tempo del pittore considerato, e sul retro delle cornici metteva false etichette, invecchiate con macchie di tè o caffè. Poi, come tenta di fare nella nostra storia Domenico Rossini, raccontava di aver "ritrovato" i falsi in una vecchia casa di campagna.

17

LA RESA DEI CONTI

La domenica mattina il maresciallo Parisi entrò nel negozio, dove l'aspettavano il signor Ferro con Mattia e Mara. Sembrava occupare tutto lo spazio libero nella caotica bottega dell'antiquario. Anche se aveva un aspetto meno imponente di quando si presentava in divisa, la sua stazza faceva lo stesso impressione.

«Ferro!» tuonò spalancando la porta, «come ce la passiamo?»

Erano stati compagni di scuola al liceo, quindi erano abituati a chiamarsi per cognome.

«Si respira polvere come sempre, Parisi» fece il padre dei gemelli.

«Bene, bene... ma la tua è polvere sana, è la polvere della Storia...»

«Sì, sì, prendimi in giro» disse il signor Ferro. «Intanto il mestiere l'hai imparato qui, caro il mio piedipiatti!»

Aveva ragione il padre dei gemelli a dire così, infatti era stato proprio lì, a Porta Palazzo, che il maresciallo Parisi s'era fatta un'esperienza nel fiutare le *patacche*, nello smascherare i falsi spacciati per quadri d'autore e anche nel seguire, a volte, le tracce di lavori autentici, rubati e rivenduti.

E in tutto questo, l'esperienza del suo amico Ferro l'aveva aiutato più volte.

«Allora ragazzi!» fece il maresciallo rivolto ai gemelli, «sembra che a Parigi vi sia capitata una bella avventura, non vorrete per caso rubarmi il mestiere eh? Forza, raccontatemi tutto!»

Un poco intimidito Mattia riferì al maresciallo tutta la storia.

«Bene» fece infine il carabiniere. «Vediamo allora questa lettera!»

Mara andò allora a pescarla nel vaso giapponese e la porse al maresciallo.

«Ah, ah... bel nascondiglio!» esclamò Parisi.

Poi aprì il foglio ripiegato e lesse, traducendo al volo:

Riprendo a scrivere dopo aver lavorato a un volo di corvi come se avessi dipinto i miei pensieri. Ti scrivo dalla trattoria dove ho terminato ora di pranzare. Tornerò nel campo a cercare i corvi. Il ragazzo porterà un'arma per spaventarli. Vedrò i miei pensieri volare. Vincent

Eh, se fosse autentica sarebbe un bel colpo! Però... però... qualche dubbio ce l'avrei... In ogni caso, vera o falsa che sia, non può restare in circolazione, hai fatto bene a chiamarmi, Ferro! Ora, ragazzi, rimettiamo il prezioso reperto nel vaso e aspettiamo questo signor...»

«... Pérignon» disse l'antiquario.

«Questo signor Pérignon, e giochiamo un poco. Scommetto che ci divertiremo»

E così a mezzogiorno, quando un affannato e speranzoso Pepé entrò nelLa Cornice Dorata, si trovò davanti il signor

Ferro e i due gemelli insieme a una specie di gigante largo come un armadio.

Pensò che fosse il collezionista contattato dall'antiquario, e le sue aspettative si fecero rosee, nonostante l'aspetto inquietante di quello sconosciuto.

Esibì un largo sorriso:

«Bonjour messieurs!»

Pepé tese la mano all'antiquario che, ignorando del tutto il gesto, si rivolse all'amico:

«Questo è il signor Pérignon, di cui ti ho parlato...»

«Certo, l'aspettavamo!» esclamò cordialmente il maresciallo. «Monsieur Pérignon è qui per un affare, vero?»

«Oui! Si può dire così, un affare...» fece l'altro.

«E allora per prima cosa vediamo l'oggetto... giusto?» disse Parisi.

«Giusto» confermò il signor Ferro. E fece un cenno a Mattia, il quale andò subito a pescare la lettera di Van Gogh.

Pérignon, quando vide che era stata nascosta proprio in quel vaso, si sarebbe dato dei pugni in testa! Ma fece finta di nulla: la sfortuna è sfortuna e non c'è niente da fare, pensò.

Il maresciallo intanto si era messo prudentemente fra il francese e la porta.

«Vorrei che il signor Pérignon controllasse che si tratti esattamente del pezzo di cui stiamo parlando» disse.

Mattia consegnò la lettera al francese, che la prese fra le mani con una certa emozione: in fondo aveva avuto appena il tempo di darle un'occhiata veloce, laggiù a Auvers. Era come se la vedesse per la prima volta. Aprì il foglio, lesse la scritta, lo ripiegò e rimase lì, senza sapere che fare.

Con un gesto perentorio Parisi gli fece capire che voleva indietro la lettera e Pérignon se ne dovette separare.

Mattia non resistette:

«Adesso ci dirà dove l'ha rubata?» esclamò.

Pepé mostrò un certo risentimento:

«Sempre questa parola, rubata, rubata... vi ho già detto che l'ho trovata, non rubata! E comunque sono fatti miei!»

Allora fu il turno di Mara di sbottare:

«Eh no, dal momento che l'ha ficcata in tasca a mio fratello, ora sono fatti nostri!»

«Calma, calma» intervenne Parisi. «Siamo qui per chiarire la faccenda... non è vero monsieur Pérignon?»

«Chiarire e... concludere l'affare» disse Pepé, che ora incominciava ad avere la brutta sensazione di essersi cacciato in un guaio.

«Concludere non so, perché vede, io sono un maresciallo dei carabinieri e non posso concludere affari, posso solo controllare che questa lettera non sia un imbroglio!»

Il francese impallidì visibilmente.

«Un po... po... *policier*?» balbettò.

«Esattamente... e ora parliamo di questa lettera, monsieur, perché vede, basta un'occhiata per capire che questa lettera è un falso! C'est un faux» esclamò il maresciallo Parisi.

«Un f... f... *faux*?» tornò a balbettare Pepé.

«Certo, non vede com'è nero e lustro questo inchiostro? Una lettera scritta nel 1890 o anche prima, con inchiostro nero, ora si presenterebbe marrone... a quel tempo si usava inchiostro ferrogallico, ottimo ed economico ma... soggetto a reazioni chimiche spiacevoli».

«Reazioni chimiche?» domandò Pepé sconcertato.

«*Oui! Des réactions chimiques, monsieur*».

«Mi... mi prendete in giro...» disse il francese girando intorno uno sguardo smarrito.

«Ma no, ma no, è scientifico» intervenne a quel punto il signor Ferro. «Guardi, le mostro uno studio su questo argomento...»

Prese un grosso libro da uno scaffale nel retro del negozio.

«Vi leggo che cosa dice il manuale:

L'inchiostro ferrogallico è un tipo di inchiostro di uso comunissimo che si ottiene mescolando un estratto di galle, che si sviluppano su alcuni alberi (per esempio la quercia), solfato di ferro, gomma ed acqua. In quanto sostanzialmente «acido» può produrre alcune reazioni chimiche di corrosione: ecco perché molti disegni o scritti che in origine erano neri, attualmente sono marroni. Per la facilità di produzione ed il suo costo ridotto è stato utilizzato sino all'inizio del XX secolo.

Quindi in una lettera del 1890 l'inchiostro sarebbe marroncino, non nero come questo!»

«Insomma, la carta è buona, si direbbe vecchia al punto giusto. Anche il pennino che è stato usato, a giudicare dal tratto, è evidentemente d'epoca, piuttosto facile da trovare. Ma l'inchiostro... quello è proprio sbagliato» concluse il Maresciallo.

«E... e *alors*...?» balbettò Pérignon.

«E *alors* questo è un reato, e la lettera è quello che noi carabinieri chiamiamo corpo del reato...»

«Mais... mais... io non sapevo che è un falso... io pensavo... io non credevo...»

«Senza contare che questa lettera, a quanto dice il ragazzo, oltre che essere un falso, è pure una refurtiva! Diciamoci la verità» tagliò corto il maresciallo Parisi. «Lei questa lettera l'ha rubata sapendo benissimo che è un falso. E io penso che sappia anche chi è il falsario. Un reato doppio».

Il povero Pérignon non sapeva da che parte guardare: si concentrava sulle proprie scarpe, poi fissava intensamente un orologio da tavolo incorniciato fra due delfini di bronzo. I delfini mostravano quella specie di sorrisetto che sembrano avere stampato nel muso. Pepé aveva la netta impressione che ridessero di lui. Allora alzava lo sguardo al soffitto, ma nemmeno da lì gli veniva nessun aiuto.

Il silenzio si prolungava e il maresciallo Parisi non manifestava nessuna fretta. Se ne stava lì tranquillo a osservare il Pérignon con la stesso divertito interesse di chi guarda un criceto che si agita nella gabbietta.

«Allora, lo vogliamo fare un nome? O dobbiamo andare tutti davanti a un Pi-Emme e complicarci la vita?» domandò infine il maresciallo.

«Un pppi-emme?» fece Pepé senza capire.

«Sì, il magistrato che decide gli arresti».

Questo Pepé lo comprese benissimo.

«Io non c'entro... era... era tutto scritto fra le carte del mio locataire, un italiano... se è un falso non ne so niente... non è roba mia...»

Il Pérignon pensò che non era il caso di dilungarsi sulla sua gita a Auvers e del perché e percome si era scontrato con

Mattia. La cosa importante era uscire da quella situazione, lasciar perdere quella dannata lettera e tornarsene a casa.

Mattia però non fu dello stesso parere.

«Non è vero!» intervenne. «La lettera l'ha rubata all'albergo Ravoux, e l'ha nascosta nella mia tasca perché i poliziotti l'hanno arrestato e lui non voleva che gliela trovassero addosso!»

«E poi ci ha seguiti fin qui perché ha letto il nome e l'indirizzo di Mattia sul cartellino!» aggiunse Mara.

«È vero?» domandò severamente il maresciallo.

«Ma sì, ma sì... però che era una lettera di Van Gogh e... e dove trovarla, era scritto sull'agenda, le cahier, del mio locataire!» si difese Pepé.

«Allora, il nome di questo locataire?» incalzò Parisi.

«E poi posso andare?»

«Se ci ha detto la verità, forse sì: i reati non sono stati commessi qui in Italia, per il momento, sempre a patto che la lettera non sia sua...»

«No, no... è di Rossini, Domenico Rossini».

Il maresciallo Parisi ebbe un sussulto.

«Domenico Rossini? Che mi venga un colpo, quel furbacchione è andato a far danni in Francia allora! L'avevo detto io che tutto quel leggere su Van Gogh era sospetto».

«Allora lo conoscete?» fece timidamente Pepé.

«Certo, è uno dei miei migliori clienti!» disse Parisi, e si fece una grossa risata. «E dove si trova adesso il mio amico Rossini?»

«Oh, be'... lui è... *en prison*...» povero Pérignon, quasi faceva pena.

A quel punto il maresciallo prese Pepé per le spalle e gli fece un discorsetto molto amichevole. Gli parlò in francese, per essere sicuro che l'altro capisse, lo chiamò anche «mon ami» e «monsieur Pérignon» diverse volte. Non voleva spaventarlo, voleva convincerlo.

E Pérignon gli raccontò tutto: l'affitto mai pagato, l'arresto di Rossini, gli appunti del falsario, la gita a Auvers...

Alla fine Parisi si convinse che Pepé era solo un povero illuso, tutto fuorché un criminale.

«Signor Pérignon, mi dia retta» gli disse, «se ne torni a Parigi, dimentichi questa storia, dimentichi pure Rossini e si cerchi un altro inquilino: ha rischiato di essere scambiato per un ladro e per un falsario. È fortunato a cavarsela così, senza grossi danni».

A sentirsi definire «fortunato» Pérignon quasi si commosse. Fece un cenno di assenso, come un bambino che si prende una sgridata, poi a testa bassa, senza dire una parola, infilò la porta e uscì dalla bottega dell'antiquario e da questa storia.

Dopo che il francese se ne fu andato, Mattia prese la lettera che il maresciallo Parisi aveva posato su un tavolinetto in stile impero che stava proprio al centro del negozio e l'aprì per leggerla ancora una volta.

«Allora è proprio un falso» disse con un sospiro.

Gli spiaceva di non aver trovato l'ultima vera lettera di Van Gogh, la lettera che avrebbe spiegato il mistero della sua morte e che forse avrebbe aperto un nuovo enigma: l'identità del misterioso *jeune homme*. Invece, che delusione, era soltanto una grossolana patacca.

Il maresciallo Parisi, davanti all'espressione sconsolata di Mattia, sorrise.

«Falsa, autentica... vuoi sapere la verità? Non lo so nemmeno io. Sai, tutte quelle chiacchiere sull'inchiostro, sul ferrogallico... sono solo teoria.

Mattia si ringalluzzì.

«Quindi... non siamo sicuri che...»

L'unica cosa di cui sono sicuro è che questa lettera deve essere consegnata alla Fondazione Van Gogh di Amsterdam, loro sono gli unici autorizzati a decidere che cosa farne».

«Peccato» disse il papà dei gemelli. «Sarebbe un bel pezzo per il mio negozietto...»

Ma lo disse per scherzo, e infatti il maresciallo subito colse la palla al balzo:

«Se mi inviti a pranzo magari ci ripenso...»

«Che ne dite ragazzi» fece il signor Ferro. «Proviamo a corrompere lo sbirro?»

Domanda inutile: Mara e Mattia sapevano che il maresciallo Parisi aveva sempre una ricca riserva di storie, e non si faceva pregare a raccontarle, perciò non potevano che essere felici di averlo a pranzo a casa loro.

Per i gemelli di ferro si prospettava una domenica davvero interessante.

Il **Museo Van Gogh di Amsterdam** attrae circa un milione e mezzo di visitatori all'anno.
In nessun altro posto al mondo sono raccolti così tanti dipinti di Vincent Van Gogh. La collezione è composta da oltre **200** tele, **500** disegni e **750** scritti.
Qui si possono vedere **gli autoritratti di Van Gogh, i girasoli, i mangiatori di patate** e **la camera di Arles**. Oltre alle opere di Vincent Van Gogh, il museo ospita numerosi documenti sulla vita dell'artista.

VASO CON DODICI GIRASOLI (1888)

18

COLPO DI SCENA

Pepé prese il treno per Parigi la mattina dopo. Lo stesso treno che aveva portato in gita la classe terza F.

Si potrebbe dire che prese il treno con la coda fra le gambe, deluso per il risultato del suo soggiorno torinese: si era dato tanto da fare e ora poteva ritenersi fortunato se non era finito in galera!

E a proposito di galera, quel pomeriggio, arrivato a Parigi sentì il dovere di andare a fare una visita al povero Rossini, il suo sfortunato e disonesto inquilino.

Non lo trovò male. Anzi, sembrava piuttosto di buon umore.

«Quando esco, caro Pepè, ho un affare in ballo che mi farà guadagnare un bel gruzzolo, e ti pagherò tutti gli affitti arretrati».

Pepé comprese subito che il falsario si riferiva alla faccenda della lettera di Van Gogh.

Anche se così facendo rivelava di aver ficcato il naso nelle cose di Rossini, non se la sentì di lasciargli quell'illusione.

«Domenico» fece mestamente Pepé «quella lettera è un falso, l'ho trovata e... mi dispiace, ma non vale niente!»

«L'hai trovata?» sibilò Domenico. «E come hai fatto a trovarla? Dimmi un po'!»

«Beh, ho frugato fra le tue carte...»

«Hai frugato fra le mie carte, ma che vergogna! Sei peggio di un ladro, sei una spia...»

«Ma no, era per vedere se potevo darti una mano, che so, portare avanti un qualche affare... E poi mi dovevi un bel po' di mesi di affitto, e anch'io devo vivere».

Rossini annuì.

«Quel che è giusto è giusto... ma chi ti ha detto che la lettera è un falso, eh? Si può sapere?»

«Un antiquario italiano... e anche i carabinieri».

«E anche i... ma sei un idiota! Certo che è un falso, l'ho fatta io quella lettera, ma se tu non l'avessi mostrata a cani e porci, nessuno avrebbe pensato che è un falso».

Domenico Rossini si mordeva le mani dalla rabbia. Avrebbe volentieri strozzato Pepè lì, nel parlatorio, davanti alle guardie. Invece doveva controllarsi, parlare sottovoce: gli era salita la pressione ed era diventato tutto rosso in faccia.

«Se penso alla fatica che mi è costata, quella lettera... e la carta, e la penna, e l'inchiostro... e la calligrafia... e poi soprattutto le ultime parole: pensare le ultime parole di un suicida, ti sembra una roba da niente?» sibilò il falsario.

«Veramente non sembravano le ultime parole di un suicida...» disse candidamente Pérignon.

«Ma come: vi perdono tutti, e voi perdonate me per quello che sto per fare, non ti sembrano le parole di un suicida?» insistette Rossini, sempre più paonazzo.

«Ma Domenico, forse ricordi male, nella lettera c'era scritta un'altra cosa: si parlava di corvi, e di un ragazzo che portava un'arma... e... e di un campo dove dipingere» ribatté Pérignon.

«Corvi? Quali corvi? Io non ho mai scritto né di corvi né di campi! Scusa, ma dove l'hai presa la lettera?» fece Rossini con voce malferma.

«Al Ravoux, a Auvers, nella stanza di Van Gogh, sotto l'asse del pavimento... come avevi scritto tu, a destra della porta» spiegò l'altro.

«Vuoi dire a destra guardando la porta?» domandò Rossini.

«Voglio dire a destra entrando, con la porta alle spalle...» fece Pérignon a occhi chiusi, ricostruendo mentalmente lo scenario.

«Sei sicuro?» il vivace colorito di prima stava abbandonando la faccia di Rossini: il falsario impallidiva visibilmente.

«Certo che sono sicuro: ho sollevato l'asse e subito a destra, vicino al muro, ho trovato la lettera» disse paziente Pepé.

«Ma io la lettera l'ho nascosta a destra con la porta di fronte, non con la porta alle spalle» ribatté Rossini, pallidissimo.

Ci fu un lungo silenzio.

I due rimasero a guardarsi senza sapere che cosa dire, fino allo scadere del tempo delle visite.

Poi, senza nemmeno salutare, Pérignon si alzò e se ne andò a casa. Anche Rossini si alzò, e tornò in cella.